Titelblatt:

Bernd Schmitt/Detlef Tanneberger

Bordesholmer Edition

Fleckis Sugar Daddy Club

Jürgen Baasch
Bernd Lohse
Detlef Tanneberger
Henning Thomsen

Soll das kurze Menschenleben
immer reife Frucht dir geben,
musst du jung dich zu den Alten,
alternd dich zur Jugend halten

Paul von Heyse
Deutscher Romantiker 1813 bis 1914

Personen

1. Erika Friedberg, Kriminaloberkommissarin
2. Finn, deren Sohn
3. Nasrin, dessen Freundin
4. Wilhelm Bielfeld, Kriminalhauptkommissar
5. Paul Schröder, Polizeikommissar
6. Heinrich Huber, Wolfsbetreuer und Hund Bolle
7. Seine Ehefrau Elfriede
8. Tierärztin Verena Cassens
9. Steffi, 16-jährige Schülerin
10. Ihre Mutter Anke Brockmann
11. Ihr Vater Hans Brockmann
12. Tierarzt Dr. Frahm
13. Sophie, 17-jährige Freundin von Steffi
14. Line, 16-jährige Freundin von Steffi
15. Mats, 21-jähriger Jurastudent
16. Ulf, 20-jähriger Soldat
17. Angela Martens, Bedienung im Haeseler
18. Adolph von der Groeben, Politiker
19. Juliane von der Werth, dessen Ehefrau
20. Kurt Georg Fleckenheim, Politiker
21. Jungbauer Claas aus Hoffeld
22. Irfan Erdogan, Taxifahrer aus Neumünster
23. Ludolf Lindenthal, Jungbauer
24. Wilhelm und Hedwig Lindenthal, seine Eltern
25. Lisa und Laura, Freundinnen von Nasrin
26. Hein Göttsch, CDU-MdL
27. Klaus-Jörg Leuthen, Politiker

Und sehr viele Menschen aus Fantasie und Realität

(Gewisse Ähnlichkeiten zu tatsächlich lebenden Personen sind nicht immer gewollt)

Kapitel 1

Heinrich Huber streckte sich ausgiebig unter seiner Bettdecke. „Was für ein herrliches Erwachen heute, meine Liebe. Das Konzert der zwitschernden Vögel hat mich sanft aus dem Schlaf geholt."

„Wenn man Schlaf gefunden hat. Ich habe kaum ein Auge zugetan. Neben mir lag ein Scheintoter, der den gesamten Baumbestand im Wildhof zu Kleinholz verarbeitet hat. Da geht es zur Zeit der Hirschbrunft im Wildgehege Eekholt gelinde zu. Vielleicht sollte ich mir da ein Feldbett aufstellen und mich vom Summen der Mücken wecken lassen. Denk' dran, mein Lieber, wir wollten uns heute Morgen unterhalten, oder hast du das schon vergessen?"

Ein Kussversuch von Heinrich scheiterte an einer abrupten halben Eskimorolle Elfriedes unter ihre Bettdecke.

„Aber nein, mein Schatz, wo denkst du hin, natürlich nicht. Ich springe schnell unter die Dusche, hole frische Brötchen und decke den Frühstückstisch für uns. Möchtest du ein oder zwei frische Eier?"

„Vor allem möchte ich ein ganz normales Familienleben führen. Mehr nicht! Wir befinden uns ja noch nicht im Klosterstift! Wir sehen uns gleich, ich wünsche dir schon jetzt einen guten Appetit!"

Den ganz großen Hunger verspürte Heinrich nicht mehr.

Auf der Fahrt am Discounter vorbei zum ,Kleinen Laden' sinnierte Heinrich: ,Frauen, das sind überaus liebevolle und liebenswerte Menschen. Die man allerdings nicht immer vollends versteht. Aber so ist es nun einmal. Allerdings sind sie zur Zeit das Beste, was es auf dem Gebiet gibt.'

Große Brötchen holen, kleine Brötchen backen. Heinrich wusste, die häusliche Lage stand zur Zeit nicht zum Besten. Sollte er neben den frischen Brötchen noch einen mittelgroßen Blumenstrauß bei ‚Stil und Blüte' als Tischdeko kaufen? Auf keinen Fall, auf gar keinen Fall. Den letzten Strauß schöner Rosen, den er seiner Elfi überreichte, war ein gewaltiges Gebinde aus Farben und Düften, leider allerdings schon etwas welk. Er hatte ihn als Drachenfutter für eventuelle Erklärungen von der Prüfungskommission des Amtsfeuerwehrtages in Groß Buchwald geschenkt bekommen.

Standhaft hatte er seiner Elfi den Liebesstrauß überreicht, der Morgen graute bereits von Osten. Elfi hatte die Haustür von innen geöffnet, da er mit seinem Schlüssel irgendwie nicht den Schließzylinder traf. Große, weit aufgerissene blaue Augen hatten ihn angestarrt. Noch im Gewand der Nacht und barfuß hatte sie sich schnurstracks in Richtung brauner Tonne in Bewegung gesetzt. Anschließend folgten zwei Tage Funkstille.

Sie saßen sich am Frühstückstisch gegenüber. Während Heinrich versuchte, mühevoll die Spitze seines braunen Frühstückseies von der Schale zu befreien, schlug Elfi mit einem gezielten Schlag ihrem Ei einfach mit dem Messer die Spitze ab.

„Ich finde, die Tungendorfer Sonntagsbrötchen sind immer wieder eine Sensation. Allein der Duft, der der Tüte entströmt, ist einzigartig."

„Du brauchst gar nicht erst zu versuchen vom Thema abzulenken, mein lieber Heinrich."

Elfriede holte tief Luft: „Unseren gemeinsamen Sonntag, den einzigen Tag in der Woche, den wir bisher immer im Kreise der Familie verbracht haben, opferst du jetzt auch noch für irgendwelche dubiose Kotuntersuchungen. Man kann es nicht fassen, hast du einen Riss im Stammhirn? Alles habe ich bisher akzeptiert, war sogar ein wenig stolz auf so einen gesellschaftlich engagierten Ehrenamtler. Kreisausbilder bei der Feuerwehr, Vorsitzender im Angelsportverein ‚Spitzer Haken', Zuchtwart im Rassegeflügelzuchtverein, Gerätewart bei der Freiwilligen Feuerwehr, Jagdhornbläser bei der Kreisjägerschaft, Mitglied der Gemeindevertretung. Habe ich noch etwas vergessen? Egal. Und was macht dieser Mensch? Lässt sich zum Wolfsbetreuer ausbilden. Unglaublich! Wie stellst du dir eigentlich unser künftiges Zusammenleben vor? So mache ich da nicht mehr mit! Ich meine es ernst, sehr ernst sogar!"

Heinrich hatte noch nicht ein Mal von seiner mit zwei Scheiben geräuchertem Lachs belegten Brötchenhälfte abgebissen.

„Du hast ja Recht, meine Liebe."

„Das meine Liebe kannst du dir vorerst sparen. Ich erwarte eine klare Antwort!"

„Eins verspreche ich dir sofort, hoch und heilig sogar. Der Sonntag bleibt unser gemeinsamer Tag. Das heute ist und bleibt die einmalige Ausnahme. Ich muss nur ein paar Wildkameras neu bestücken. Das dauert nicht lange, bin bald zurück. Unseren Bolle nehme ich mit, er braucht seinen Sonntagsspaziergang."

„Bald zurück, tut nicht nötig. Wozu? Warum? Bin nicht zu Hause, fahre zu meiner Schwester nach Loop und werde sie über ihren Lieblingsschwager aufklären. Und heute Abend führst du uns alle zu einem gemeinsamen Essen aus und erklärst dich auch den Kindern. Komm ja nicht auf die Idee, den Autohof in Dätgen anzusteuern und denke nicht, damit ist dann die Sache vom Tisch.

Hoffentlich beißt dir der Wolf in den Arsch, damit dein Verstand wieder klar wird!"

Heinrich überprüfte seinen Rucksack: Probeentnahmeset, Ersatzakkus, SD-Karten, Kameras und das große Jagdmesser. Obendrauf kam noch die Schweißleine für Bolle, der bereits bei Fuß stand.

„Ich fahre jetzt, freue mich schon jetzt auf heute Abend." Eine Antwort blieb aus.

‚Ich werde einen Tisch im Wintergarten des Hotel Seeblick reservieren. Der Blick auf die Mühbrooker Dorfbucht wird die Wogen wieder glätten.'

Heinrich hatte bereits den Rückwärtsgang eingelegt. Da kam Elfi im Stechschritt auf seinen alten Mercedes Geländewagen zu. ‚Nanu, will sich meine Liebe etwa von mir verabschieden?'

„Heinrich! Wenn du schon durch die Gegend gurkst, fahre doch bitte über Negenharrie und hole für unsere Kinder zwei Karten beim ‚Alten Haeseler', für den Tanz in den Mai."

„Ach ist es schon wieder soweit? Mach' ich doch gern."

Heinrich ließ sein Auto gemächlich die Dorfstraße entlangrollen.

Ach ja, Tanz in den Mai. Erinnerungsfetzen jagten durch sein Hirn. Landjugendball - Lifemusik - leicht bekleidete Mädchen - verschwitzte Jungen in Nylonhemden - Lederkrawatten – Alkohol - Pariserautomaten auf der Toilette und der jeweilige Höhepunkt: Die Rapserei mit den Bauernjungen aus Harrie. Hier hatte er seine Elfi kennengelernt und noch am selben Abend mit der blonden Ingeborg aus Wattenbek Schluss gemacht. Er nahm sich vor, seine Kinder zu vergattern.

Rechts die Gaststätte, kein Auto auf dem Parkplatz. ‚War der Laden überhaupt schon geöffnet?'

War aber so. Im Gastraum befand sich kein Mensch. Der Wirt kam durch eine Schiebetür hinter dem Tresen. „Mensch Heinrich, was machst du denn hier? Wir haben uns ja ewig nicht gesehen. Hast du Durst?" „Nein das nicht, ich möchte zwei Karten für den Tanz in den Mai." „Sieh an, willst du mit deiner Elfriede ein paar Runden abhotten?" „Auch das nicht. Sind für die Kinder. Die neue Generation sozusagen." „Schön, dass du vorbeigekommen bist. Ich habe gelesen, du bist Wolfsbetreuer geworden, ganz schön mutig. Viel Verantwortung, da kann man sicher schnell zwischen die Fronten geraten. Am Freitag ist es hier wieder einmal hoch hergegangen." Der Wirt deutete mit seinem Kinn in Richtung Stammtisch. „Bauern, allesamt Waidmänner. Es gab nur ein Thema: Den Wolf. Einer von ihnen meinte sogar, einen an der Hölzung hier oben gesehen zu haben." „Oh, das ist überaus interessant, wie ist denn die allgemeine Meinung hier. Pro oder Kontra?" „Schwer zu sagen, anfangs waren alle für den Wolf, nach ein paar Runden Lütt un Lütt schwenkte das Meinungsbild nach und nach um. Zum Schluss waren sie allesamt dagegen. Einer wollte sogar Maßnahmen ergreifen. Kannst ja mal Freitagabend vorbeikommen, ich stelle dich dann als Wolfsbetreuer vor. Vielleicht kommt ihr ins Gespräch." „An sich eine gute Idee, aber am Freitag habe ich meinen Skatabend. Könntest du mir die Stelle zeigen, wo der Wolf gewesen sein soll?" „Kein Problem, ich bringe dich zum Auto." Draußen stand Bolle im Hundeabteil, winselte leise und wedelte mit dem Schwanz.

„Du hast noch deinen schönen Vorsteher, meiner ist zur Zeit recht viel unterwegs. Muss 'ne läufige Hündin in der Nähe sein, da gibt es bei ihm kein Halten mehr. Da schau", der Wirt deutete auf das Waldstück in Richtung Preetzer Landstraße.

„Viel offenes Gelände und ein schützender Wald, könnte was dran sein an der Beobachtung. Ich habe zwei Wildkameras in meinem Gepäck. Mal seh'n, was sich da machen lässt. Ich schau in den nächsten Tagen wieder vorbei."

„Na dann, Waidmannsheil."

Aufgrund seiner Ausbildung und seiner Erfahrung hatte Heinrich schnell eine kleine aussichtsreiche Lichtung ausgemacht. Die Kamera war zügig installiert. Bolle witterte in alle Richtungen.

‚Elfi ist ja noch bei ihrer Schwester. Da hab ich genug Zeit, auch am Bothkamper See eine Kamera aufzubauen. Dort soll sich Meister Isegrim ebenfalls rumtreiben.

Heinrich machte den Umweg über den Bothkamper See.

Der Abend im Seeblick verlief überaus harmonisch.

*

Der Mai war gekommen.

Heinrich richtete sich im Bett auf. „Ich habe das Gefühl, heute wird es ein herrlicher Tag. Sind eigentlich die Kinder schon zurück?"

„Aber schon lange, ich habe um drei Uhr die Tür klappen gehört. Es muss ein schöner Abend gewesen sein, beide kicherten noch eine Weile in der Küche."

„Hab ich gar nicht mitbekommen."

„Konntest du auch nicht, du warst im Wattenbeker Gehölz am sägen."

„Was hältst du davon, wir drei machen heute eine ausgiebige Maitour und essen am Kanal Maischolle in ‚Brauers Aalkate'."

„Hm, und wo ist der Haken?"

„Es gibt keinen, allenfalls ein kleines Häkchen."

„Habe ich es mir doch gedacht. Ich warne dich, wo liegt also der Hase im Pfeffer?"

„Eine winzige Kleinigkeit, ich müsste nur zwei Kameras kontrollieren. Dauert maximal dreißig Minuten."

„Aber keine Sekunde länger! Hast du vergessen, wir haben eine Abmachung."

„Versprochen, versprochen und auf ‚Gut Steinwehr' gibt es ein Riesenstück Erdbeertorte mit Sahne."

„Ich schau mir das an. Wehe, wehe, wenn das Häkchen wächst!"

Heinrich lenkte den Wagen auf einen schmalen Feldweg in Richtung Bothkamper See.

„Schau, da vorne habe ich die Kamera installiert, ich hole sie schnell. Du brauchst keine Angst zu haben, wir sind gleich wieder da."

Heinrich hatte seine Elfi nicht enttäuscht. ‚Es war wirklich ein sehr schöner Tag gewesen, ein besonderes Dankeschön ist da heute Abend fällig', Elfi summte, der Mai ist gekommen.

Was war das?! Heinrich kam mit beiden Armen rudernd zurückgelaufen, als wäre ein Wolf hinter ihm her.

„Elfi, Elfi! Ein Unglück, eine Katastrophe. Unser Hund ist mit einem Vorderlauf in ein Fangeisen geraten, er wimmert nur noch. Ich muss Erste Hilfe leisten und du telefonierst. Erst mit der Polizeistation Bordesholm und dann mit der Tierärztin Verena Cassens. Beide Nummern sind in meinem Handy eingespeichert. Um den Kreisjägermeister kümmere ich mich später."

Heinrich war schon wieder auf dem Weg.

„Heinrich sei bitte vorsichtig, vielleicht liegen dort mehrere Eisen!"

Heinrich hob die Hand. Elfi hatte Recht, er musste einen kleinen Umweg in Kauf nehmen und auf der Hut sein. Vorsichtig bog er Zweige und Dickicht auseinander, bevor er einen Fuß vor den anderen setzte. Da, was war das? Schon wieder ein Fell am Boden, diesmal hell. Blond könnte man sagen. Heinrich musste Reisig und trockene Blätter von dem Körper entfernen. Er erstarrte. Ein Mensch. Eine Frau. Ein junges Mädchen. Seine Hände zuckten zurück als er den kalten Körper berührte. Eine Tote!

Heinrich rannte aus dem Wald, nahm auf nichts Rücksicht. Mehrfach verfing er sich mit dem Kopf in wilden Brombeerlianen.

Elfi hatte die Telefonate erledigt. Die Polizei und die Tierärztin wollten sich sofort auf den Weg machen.

Sie sah ihren Heinrich aus dem Wald stürzen. Er taumelte, sein Kopf war blutverschmiert. Er hatte den parkenden Wagen erreicht und musste sich auf die Motorhaube stützen.

„Heinrich bist du angegriffen worden, war es ein Wolf?"

Heinrich bekam einen Hustenanfall.

„Eine Leiche."

„Was heißt eine Leiche?"

„Im Wald liegt eine Leiche, ein junges Mädchen. Tot. Informiere die Polizei, ich kann nicht mehr."

Die Polizeistation meldete sich sofort. „Hier Polizeikommissar Schröder."

„Hier ist nochmal Frau Huber."

„Frau Huber, wir sind quasi auf dem Weg."

„Hier ist etwas Furchtbares passiert."

„Ich weiß, ein Hund ist in ein Fangeisen geraten."

„Ja. Nein. Hier liegt eine Leiche."
„Wir sind unterwegs, bleiben sie vor Ort."

Kapitel 2

Am Tag vorher: Ping machte das Smart-Phone von der 16-jährigen Steffi. Mit jugendlich neugierigem Blick las die Schülerin ihre aktuelle WhatsApp Nachricht: *,hallo ihr tanzmäuse hallo ihr tanzbären wir sehen uns heute abend im haeseler um den april gebührend fröhlich zu verabschieden - ich mache euch den taxidriver der bully ist startklar ciao mats'.*
Steffi ging zu ihrer Mutter Anke in die Küche. „Mutti, wir wollen heute mit der Clique zum Tanz in den Mai. In den Haeseler. Ist das OK?"
„Wer kommt denn mit?"
„Also Sophie und Line und Mats sind auf jeden Fall dabei. Und wahrscheinlich noch Ulf." „Und wer fährt?"
„Mats mit seinem VW-Bus."
Anke bückte sich, um die Spülmaschine auszuräumen. „Hier hilf mir mal, das Geschirr in die Schränke zu packen." Sie drückte ihrer Tochter einen Stapel Teller in die Hand. „Und Mats trinkt auch bestimmt keinen Alkohol?"
„Ach Mutti, dem ist doch sein Bully viel zu heilig! Der macht sich wegen jeder kleinen Schramme an seinem geliebten T3 gleich in die Hose."
„Na gut, ist in Ordnung. Aber sag' Vati noch Bescheid. Er studiert gerade seinen Kicker. Und wann bist du wieder zu Hause?"
Steffi schmiegte sich an ihre Mutter: „Eventuell will ich bei Line schlafen. Morgen könnten wir dann gleich für die Englisch-Klausur am Freitag üben. Aber endgültig haben wir das noch nicht besprochen."
„Wenn das man was wird." Anke schaute stirnrunzelnd ihre Tochter an. „Aber eigentlich seid ihr ja alle sehr vernünftig und zuverlässig. Also meinen Segen hast du. Aber frag' Vati vorher."

Steffi ging ins Wohnzimmer zu ihrem zeitungslesenden Vater. Sie setzte sich auf die Armlehne seines Ohrensessels und schmiegte sich an ihren Erzeuger. „Hallo Papi. Steigt Holstein diese Saison auf?" „Zurzeit sind sie mal wieder auf dem Relegationsplatz. Vielleicht haben sie in diesem Jahr gegen Nürnberg mehr Glück als letztes Jahr gegen Wolfsburg." „Wär' ja toll, wenn du dann Spiele gegen Dortmund und München in Kiel sehen kannst! Du Papi, wir gehen heute Abend zum Tanz in den Mai. In den Haeseler. Ist das OK für dich?" „Wer ist wir? Du und deine Mutter?" Hans Brockmann grinste seine Tochter an. „Papi, willst du mich auf den Arm nehmen? Nein, Mutti bleibt hier und ihr könnt in Ruhe Günther Jauch schauen. Wir sind Line, Sophie, Mats und Ulf. Die kennst du doch alle." „Verbieten lässt du dir ja sowieso nichts mehr. Und wann bist du wieder zu Hause?" „Naja, beim Tanz in den Mai muss man den Wonnemonat auch persönlich begrüßen. Also wahrscheinlich um zwei Uhr. Aber vielleicht schlafe ich bei Line." „Ach Steffi, muss das denn so sein? Du bist erst 16 Jahre alt. Und laut Jugendschutzgesetz darfst du in diesem Alter nur bis 24.00 Uhr in die Disco!" „Aber Papi! Der Haeseler ist doch keine Disco! Dort spielt eine Live-Band. Und bei Konzerten gibt es keine offizielle Beschränkung. Und außerdem ist Mats mit seinen 21 Jahren als volljähriger Begleiter quasi eine erziehungsbeauftragte Person!" „Na, da hast du dich ja schlau gemacht, mein Töchterchen. Aber morgen Mittag wollen wir beiden zum TSV Bordesholm. Die haben ihr Heimspiel gegen Strande!" „Da komm' ich doch mit, Papi. Bis dahin bin ich längst wieder zuhause! Line und ich wollen eventuell nach dem Frühstück noch ein bis zwei Stunden für die

Englisch-Klausur üben. Ich will doch wieder eine Zwei schreiben."

„Und was sagt Mutti dazu?"

„Die hat schon ihr OK gegeben."

„Und ich soll jetzt gegen euch Beiden stimmen und uns allen das Wochenende verderben? Bring mir mal mein Portemonnaie." Steffi holte die abgewetzte Geldbörse ihres Vaters vom Sekretär und drückte sie ihm in die Hand. Hans Brockmann fingerte 20 Euro aus dem Fach und gab den Schein seiner Tochter. „Für die Eintrittskarte. Muss Mutti ja nicht wissen. Wir verwöhnen dich eigentlich viel zu doll, meine Prinzessin! Gerade Anke ist immer auf deiner Seite. Als sie selbst noch Kind war, ist sie von ihren Eltern viel zu stark verhätschelt worden. Und das wirkt nach!"

„Papi, ihr Beiden seid doch die besten Eltern der Welt! Danke für's Geld!" Steffi drückte ihrem Vater einen Teenie-Kuss auf die Stirnglatze.

„Und du passt gut auf dich auf. Ich will keinen Ärger wegen irgendwelcher blöden Verehrer vor'm Haus. Und traurige Heularien im Haus wegen Liebeskummer! Und morgen Mittag gucken wir Fußball!"

Kapitel 3

Der 1. Mai war ein sonniger Tag. Die Vögel zwitscherten vergnügt im Garten der Familie Brockmann. Anke Brockmann hatte schon um acht Uhr den Frühstückstisch in der Küche gedeckt. Obwohl ihre Tochter Steffi nach dem Tanz in dem Mai wohl erst mittags aufstehen würde, hatte Anke für sie bereits das Frühstücksgeschirr auf den Tisch gestellt und Brötchen im Ofen gebacken. Ihr Ehemann Hans erschien gegen halb neun verschlafen in der Küche und setzte sich an den Tisch. Eigentlich war das Familienleben der Brockmanns ganz harmonisch. Lediglich in Erziehungsfragen gerieten Hans und Anke gelegentlich aneinander. Beide liebten ihre einzige Tochter Steffi sehr. Allerdings war Hans der Ansicht, dass Steffis Mutter der Tochter zu viel erlauben würde. Hans musste damals in seiner Jugendzeit am Wochenende um 23.00 Uhr zu Hause sein und konnte nicht einsehen, warum seine Frau der gemeinsamen Tochter so viele Freiheiten einräumte.

Hans blätterte beim Frühstück in den Kieler Nachrichten vom Vortag. „Hast Du unsere Steffi heute Nacht gehört, als sie nachhause gekommen ist?" Anke versuchte einen morgendlichen Dialog mit ihrem Mann. „Nein, ich habe tief und fest geschlafen. Nun möchte ich gern den Artikel über Holstein Kiel zu Ende lesen. Du weißt doch, dass ich erst einmal zwei Tassen Kaffee brauche!"

Anke kannte die Eigenarten ihres Gatten nur zu gut. Im Gegensatz zu ihr, die schon am frühen Morgen überaktiv war, war Hans ein Morgenmuffel.

Nachdem das Ehepaar eine Weile schweigend am Frühstückstisch saß und Hans nun in den Landesteil der Kieler Nachrichten vertieft war, entschloss sich Anke, in den Garten zu gehen und Unkraut zu ziehen. Gegen

11.00 Uhr kam sie zurück in die Küche, in der Hans mittlerweile die Sport-Bild studierte.

„Meinst du, ich kann unsere Tochter so langsam aufwecken? Sie muss doch allmählich ausgeschlafen haben!"

„Ich glaube auch. Es wird auch Zeit. Sie wollte mich heute Nachmittag eigentlich zum Liga-Spiel des TSV Bordesholm begleiten. Anstoß ist um 14.00 Uhr."

Anke ging die Treppe hoch bis zum Dachgeschoss, in dem Steffi ihr Zimmer hatte. Vorsichtig klopfte sie an die Tür. Keine Resonanz! Anke öffnete vorsichtig die Tür und erschrak ein wenig. Das Bett war unbenutzt. Offensichtlich war Steffi in der Nacht nicht nachhause gekommen.

Sie wollte es nicht zugeben, aber sie war schon etwas beunruhigt. Allerdings hatte Steffi in der Vergangenheit gelegentlich bei ihrer Freundin Line in Nettelsee übernachtet.

„Meinst du, ich soll bei Line anrufen und fragen, ob Steffi dort geschlafen hat, Hans?"

„Ich habe dir ja immer gesagt, du lässt dem Mädchen zu viele Freiheiten. Aber wir sollten auch nicht überreagieren. Ich würde noch bis 12.00 Uhr warten, bevor du die Pferde scheu machst!"

Um Punkt zwölf Uhr klingelte in Nettelsee das Telefon.

„Line, hier ist Frau Brockmann. Hat Steffi bei Dir geschlafen?"

„Ja, nein – ich weiß nicht", die 16-jährige Line druckste herum. Anke Brockmann merkte sofort, dass etwas nicht stimmte und wurde energischer.

„Line, du sagst mir jetzt sofort, wo Steffi ist. Ich mache mir große Sorgen!"

„Steffi wollte ja auch bei mir schlafen, aber dann hat sie gestern jemanden kennen gelernt und ist mit ihm mitgegangen. Ich kannte den Typen nicht. Steffi hat nur kurz gesagt, sie kommt nicht mit nach Nettelsee. Dann habe ich sie nicht mehr gesehen. Mehr weiß ich auch nicht!"

Der Puls von Anke Brockmann begann zu rasen. Ihre Tochter war noch nie mit einem Fremden mitgegangen. Einem inneren Impuls folgend wählte sie die Nummer der Bordesholmer Polizei.

„Polizei Bordesholm, Kommissar Schröder am Apparat".

„Mein Name ist Brockmann. Ich wohne hier in Bordesholm. Meine Tochter war gestern zum Tanz in den Mai in Negenharrie und ist nicht nachhause gekommen. Mein Mann und ich machen uns große Sorgen. Sie ist doch erst 16 Jahre alt".

„Ich kann sie gut verstehen. Aber ich möchte sie doch ein wenig beruhigen. Wir haben hier häufiger Fälle, bei denen Jugendliche über Nacht wegbleiben und sich dann nachmittags melden. Für Fahndungsmaßnahmen sehe ich im Moment noch keinen Anlass. Ich möchte sie bitten, den Freundes- und Bekanntenkreis ihrer Tochter telefonisch zu kontaktieren. Meistens klärt sich der Sachverhalt dann schnell auf. Sollte das nicht der Fall sein, können sie sich gern noch einmal melden."

„Vielen Dank, Herr Schröder. Das Gespräch hat mich ein wenig beruhigt. Ich werde nun die Freunde aus ihrer Clique anrufen. Ansonsten melde ich mich noch einmal bei ihnen."

Kapitel 4

Reglos stand er zwischen den Buchenstämmen auf einer kleinen Anhöhe. Er glich einem Schäferhund, aber der Kopf war breiter, die Schnauze spitzer. Seine gelben Augen spähten in das Dämmerlicht des Waldes. Der junge Wolf hatte sich von seinem Rudel im Lauenburgischen getrennt und war nach Norden gezogen. Auf neuem Territorium wollte er eine eigene Familie gründen. Bisher aber hatte sein sehnsüchtiges Heulen nicht die gewünschte Reaktion hervorgerufen. Und heute Morgen war zu viel Leben im Wald. Mit einem letzten Blick zum See herunter trabte der Jungwolf los und glitt, einem grau-braunen Schatten gleich, unter den Bäumen dahin.

Der Wolf ist zurück im Land.

*

Das Waldstück mit den beiden Tatorten war weiträumig abgesperrt. Es gab kein Durchkommen. Beamte der Spurensicherung durchkämmten gemeinsam mit Polizeianwärtern das Gelände, guckten unter Büsche und drehten Steine um. Weiße Tafeln mit Ziffern zeigten Fundorte an. Blitzlicht flammte auf und half zu dokumentieren.

Von der Frauenleiche einen Steinwurf entfernt fand sich ein flacher Stein, an dem verkrustetes Blut klebte. Die Tatwaffe? Vom Täter einfach in den Wald geschleudert? Dabei war die Rinde einer Buche beschädigt worden.

Die Tierärztin Verena Cassens kümmerte sich um den verletzten Hund. Der jaulte laut auf, als sie sein Bein berührte. Das irritierte den Beamten der Spusi, der gerade in sein Diktiergerät sprach: „Stumpfe Gewaltanwendung. Vermutlich ist ein Stein die Tatwaffe. Der Stein wurde etwa zehn Meter vom Tatort entfernt gefunden. Weiteres ist in der Pathologie zu klären." Dann wurde die Frauenleiche abtransportiert. Der Hund war mit dem linken Vorderbein in die Falle geraten. Mit Aufwendung aller Kraft war es seinem Herrchen gelungen, die Fangbügel der großen Tellereisenfalle auseinander zu biegen und den Hund zu befreien. Jetzt ruhte der Kopf des Tieres auf dem Oberschenkel von Heinrich Huber. Leise und beruhigend redete der Wolfsbetreuer auf das Tier ein, während die Tierärztin die klaffende Wunde am Bein des Hundes versorgte: „Brav, Bolle, du bist ein ganz braver Hund, ein feiner Hund bist du, Bolle. Es wird alles wieder gut…" Dabei standen ihm die Tränen in den Augen, und die Hand, die das Tier hinter den Ohren kraulte, zitterte. Bolle ließ ruhig, fast apathisch, alles mit sich geschehen. Offenbar wirkte die Beruhigungsspritze, die ihm die Tierärztin injiziert hatte. Verena Cassens blickte dem Wolfsbetreuer in die Augen: „Das Bein ist schwer verletzt. Das ist ja auch eine riesige Falle, die diese Verbrecher da aufgestellt hatten. Das Bein muss operiert werden, vielleicht sogar amputiert. Ich empfehle, Bolle in die Kleintierklinik nach Wasbek zu bringen. Wenn sie damit einverstanden sind, rufe ich dort an. Dann kann Dr. Frahm die nötigen Vorbereitungen treffen." Heinrich Huber nickte sein Einverständnis. Bolle wurde auf den Rücksitz des SUV der Tierärztin gebettet, sein Herrchen nahm neben ihm Platz. Die Tierärztin brauste los. Um die Tierklinik möglichst schnell zu erreichen, wählten sie den Weg über die Autobahn. Auf Höhe der Raststätte Aalbek sagte der Wolfsbetreuer, während er ununterbrochen seinen Hund streichelte: „Wissen sie, dass dort, wo die nächste Raststätte liegt, der letzte Wolf in Schleswig-Holstein geschossen wurde? Am Vierkamp bei Brokenlande, wo 1820 der Sohn des

Apothekers Heinrich Schümann den letzten Wolf im Lande erlegt hatte, erinnert jetzt - 200 Jahre später - ein Wolfsstein an diese Tat. Ein Freundeskreis ‚Freilebender Wölfe' hat den Stein aufstellen lassen. Der Findling, in den ein Wolfskopf und eine Pfote eingemeißelt wurden, soll aber nicht nur an den Abschuss des letzten Wolfes im Jahre 1820 erinnern, sondern zugleich ein Zeichen für den Neuanfang sein. Und das versuchen irgendwelche Idioten mit Fallen zu verhindern ..."

Die Parkplätze vor der Kleintierklinik Wasbek waren belegt. Sogar auf dem Grünstreifen an der Bahnhofstraße parkten Fahrzeuge. Verena Cassens steuerte ihren SUV bis direkt vor den Klinikeingang. Dort warteten schon Dr. Frahm und Mitarbeiter seines Teams. Bolle wurde auf einen Wagen gehievt, angeschnallt und direkt in den OP-Raum geschoben. Im Empfangsbereich der Klinik sprach ein Mann mit Pferdeschwanzfrisur und einem Klemmbrett in der Hand den Wolfsbetreuer an: „Wir produzieren hier für den Fernsehsender VOX Filme für die Serie „Tierarztpraxis". Haben sie etwas dagegen, dass wir sie filmen?" Heinrich Huber, mit ganz anderen Problemen beschäftigt, murmelte sein Einverständnis und bestätigte dies mit der Unterschrift auf dem Clippboard. Die Tierärztin Cassens informierte ihren Kollegen. Dann verschwanden alle in den Behandlungsräumen. Der Mitarbeiter des Fernsehsenders hatte aufgeschnappt, dass die Verletzung des Hundes durch eine Wolfsfalle geschehen war. Ein nicht alltäglicher Fall. Er informierte seinen Chef.

Heinrich Huber wartete in sich versunken vor dem OP-Raum. Frau Cassens war abgefahren. Die Ärzte waren übereingekommen, dass nur eine Amputation des

28

Beines Bolle retten könnte. Plötzlich erfasste Scheinwerferlicht den Wolfsbetreuer. Eine Kamera wurde auf ihn gerichtet, ein Reporter hielt ihm ein Mikrofon entgegen:

„Herr Huber, ihr Hund ist in eine Wolfsfalle geraten. Was halten sie davon?"

Huber musste sich zunächst sammeln. Er wollte sich wehren, aber da erinnerte er sich, dass er der Fernsehberichterstattung ja zugestimmt hatte. Es brach aus ihm heraus:

„Eine Sauerei ist das! Da meinen einige wildgewordene Typen, sie müssten das Land vor den Wölfen retten. Und ihr Presseheinis macht voll mit. Keine Zeitung im Lande mehr ohne Artikel über den Wolf." Er zeigte auf die Kieler Nachrichten, die auf einem Tisch mit Lesestoff lag: „Sehen sie! Auf Seite eins! Erster Problemwolf im Land soll abgeschossen werden! Was das wohl ist, ein Problemwolf? Und dann kommen Leute daher, die etwas Wolfsähnliches gesehen oder auch nur Fährten fehlinterpretiert haben, und stellen Fallen auf. Und mein Hund tritt da rein! Eine Sauerei!" Huber schluchzte.

Der Reporter bedankte sich. Er wollte sich jetzt auf das Geschehen im OP-Raum konzentrieren. Huber verfiel wieder in dumpfes Brüten. Nach zwei Stunden öffnete sich die Tür des OP-Raumes. Dr. Johannes Frahm trat heraus. Auf dem Gesicht des grauhaarigen Mannes mit dem silbrigen Bart lag ein kleines Lächeln: Heinrich Huber sprang auf, und Dr. Frahm ergriff beruhigend seine Hand:

„Es geht Bolle gut. Den Umständen entsprechend. Er wird jetzt eine ganze Weile schlafen. Die Amputation ist glatt verlaufen, aber er hat viel Blut verloren. Der Stumpf des Beines ist so, dass er Bolle nicht behindern wird. Er kann noch ein langes, zufriedenes Hundeleben

leben. Nur zur Jagd wird er nicht mehr taugen." Dr. Frahm klopfte dem Wolfsbetreuer auf die Schulter. Der Fernsehmann näherte sich mit seiner Kamera. Dr. Frahm schüttelte leise den Kopf, aber Heinrich Huber schaltete sich ein:

„Lassen sie nur, Herr Doktor. Sollen doch alle wissen, was die Wolfshetzer bewirken."

Der Reporter wandte sich an den Tierarzt: „Herr Dr. Frahm, wie beurteilen sie die Gefahr, die in Schleswig-Holstein von den Wölfen ausgeht? Es sind ja gefährliche Raubtiere. Ist es da nicht zu verstehen, dass die Leute sich wehren?"

„Ach, Unsinn! Zwei Wölfe gibt es derzeit in Schleswig-Holstein. Einen in Pinneberg. Der soll ein Problemwolf sein, soll schon einige Schafe gerissen haben und in der Lage sein, Stromzäune zu überwinden. Und einen im Norden, der aber keine Probleme macht. Am Bothkamper See ist meines Wissens noch kein Wolf aufgetaucht. Das ist alles Panikmache, und unsere Politiker spielen da mit."

„Können sie das für unsere Zuschauer bitte etwas erläutern?"

„Klar, gerne. Da sind Landwirtschaftslobbyisten, die den Schaden, den Wölfe anrichten, sehr hoch ansetzen. Da sind die Politiker, die großzügig mit Steuergeldern umgehen. Aber ich sagte ja: landesweit zwei Wölfe. Die sich in der Regel von Rehen und anderem Wild ernähren. Da hält sich der Schaden für die Schäfer doch wohl in Grenzen!"

„Vielen Dank, Dr. Frahm, vielen Dank, Herr Huber. Wir werden gern die beiden Problemfelder verfolgen: Die Wolfsfrage im Lande und den Genesungsprozess von Bolle. Vielen Dank!"

Das Fernsehteam packte seine Sachen zusammen und zog ab. Dr. Frahm schüttelte den Kopf:

„Wolfsjagd mit Fallen! Das ist ja wie im Mittelalter. Da wünsche ich mir, dass der Täter erwischt und anständig bestraft wird."

Da stürzte eine aufgeregte Frau durch die Eingangstür in den Empfangsraum, erblickte Heinrich Huber, umarmte ihn und fragte:

„Was ist mit Bolle?"

„Tja, sein linkes Bein ist amputiert. Aber er kommt durch, sagt der Doktor". Und zu Frahm gewandt fügt er hinzu: „Das ist meine Frau, Elfriede Huber."

Dr. Frahm verabschiedete sich. Familie Huber ließ sich von einer Veterinärmedizinischen Fachangestellten zu Bolle führen. Mit Tränen in den Augen machte sich das Ehepaar dann auf den Heimweg.

Kleintierklinik Wasbek GmbH & Co. KG

Kleintierklinik & Fachtierarztpraxis

24 h Notdienst

Mo.-Fr. 10-19 Uhr
Sa. 10-12 Uhr • So. 10-11 Uhr

Unsere Leistungen:

- 24 h Notdienst
- durchgehende allgemeine Sprechstunde von Mo - Fr
  (ohne Termin)
- Fachsprechstunden   – Kardiologie
  (mit Termin)   – Dermatologie
                             – Augenheilkunde
                             – Physiotherapie / Alternative
                               Behandlungsmethoden
                             – Orthopädie
- Knochen- und Weichteilchirurgie
- Zahnheilkunde
- Bildgebende Diagnostik   – CT
                             – digitales Röntgen
                             – digitale Endoskopie
- Blutbank für Hunde
- hauseigenes Labor

Bahnhofstraße 46 • 24647 Wasbek
Tel. 0 43 21 / 66 00 6
Fax 0 43 21 / 69 40 6
info@kleintierklinik-wasbek.de
www.kleintierklinik-wasbek.de

Kapitel 5

Polizeikommissar Jens-Peter Schröder war sofort nach dem Anruf von Frau Huber mit eingeschaltetem Blaulicht an den Bothkamper See gefahren. Er kannte die Örtlichkeit sehr gut, weil er im Sommer häufiger mit seiner Frau auf der Nordic-Walking-Strecke unterwegs war. Nachdem er den Fundort der Leiche in Augenschein genommen hatte, verstärkte sich sein Verdacht, dass das tote Mädchen im Zusammenhang mit dem Telefonat stehen könnte, das er heute Mittag mit Frau Brockmann geführt hatte. Die örtlichen und zeitlichen Zusammenhänge ließen vermuten, dass das junge Mädchen die vermisste Steffi Brockmann sein könnte. Jens-Peter, den alle nur Paul nannten, hatte den engeren Tatort abgesperrt und über die Leitstelle die zuständigen Dienststellen angefordert. Es dauerte nicht allzu lange, bis die Ermittler Friedberg und Bielfeld eintrafen und ihre Arbeit aufnahmen. Die Leitstelle hatte gut reagiert und zwei Gruppen mit Anwärtern der Polizeischule Eutin, die eigentlich mit ihren Ausbildern eine Verkehrskontrolle in Nortorf durchführen sollten, zum Fundort umdirigiert, damit eine umfassende Spurensuche erfolgen konnte.

Nachdem Erika und Wilhelm die ersten Maßnahmen durchgeführt hatten, nahm Paul seine Kollegin beiseite und berichtete ihr von seinem Verdacht. „Ich hatte heute Mittag einen Anruf einer besorgten Mutter, deren Tochter heute Nacht nicht nach Hause gekommen ist. Die Schülerin war zum Landjugendball in Negenharrie. Das ist nicht sehr weit weg von hier. Ich halte es für ziemlich wahrscheinlich, dass wir die vermisste Steffi Brockmann hier gefunden haben. Könntest du mich gleich begleiten, wenn ich zu den Eltern fahre?" „Selbstverständlich komme ich mit. Wir müssen Gewissheit haben und so schwer es ist, die können wir nur über die Angehörigen bekommen."

Die Brockmanns wohnten etwas außerhalb Bordesholms in einem gepflegten Einfamilienhaus. Als Paul und Erika aus dem Streifenwagen stiegen, war ihnen unwohl. Paul klingelte und kurz darauf öffnete Anke Brockmann die Haustür. Ihr Ehemann Hans stand hinter seiner Frau im Türrahmen zum Wohnzimmer.

„Oh Gott, haben sie Steffi gefunden? Was ist mit unserer Tochter?"

„Ich bin Jens-Peter Schröder von der Polizei Bordesholm. Wir haben vorhin telefoniert. Das ist meine Kollegin Erika Friedberg von der Kripo in Kiel. Dürfen wir vielleicht einen Moment hereinkommen?"

„Natürlich. Aber sagen sie doch, was ist mit unserer Tochter?"

Gemeinsam gingen alle in das Wohnzimmer der Familie und nahmen am Esstisch Platz. Im Flur fielen den Polizisten Bilder auf, die an den Wänden hingen und Fotografien von einer jungen, hübschen Frau zeigten. Den Ermittlern war schnell klar, dass diese junge Frau auf den Fotos eine ganz offensichtliche Ähnlichkeit mit der weiblichen Person hatte, die kurz zuvor am Bothkamper See tot aufgefunden worden war. „Wir haben am Bothkamper See ein totes Mädchen gefunden und wir halten es nicht für ausgeschlossen, dass es sich um ihre Tochter handeln könnte." Paul versuchte, die Sachlage so zu beschreiben, wie sie sich den Ermittlern darstellte. Anke Brockmann begann zu schreien und wie wild auf den Tisch zu trommeln. Ihrem Mann schossen sofort die Tränen in die Augen.

„Ich habe meiner Frau immer gesagt, sie soll unserer Steffi nicht so viel erlauben. Sie ist doch erst 16 Jahre alt!"

Während Erika versuchte, Frau Brockmann zu beruhigen und sie fest in den Arm nahm, sprach Paul mit Steffis Vater.

„Wir können erahnen, was in ihnen vorgeht. Gibt es einen Vertrauten in ihrem persönlichen Umfeld, den wir verständigen können? Wer ist Ihr Hausarzt?"

„Die Schwester meiner Frau wohnt gleich hier zwei Häuser weiter und unser Hausarzt ist Dr. Wolfers."

„Ich werde ihre Schwägerin und Herrn Dr. Wolfers gleich verständigen, damit die sich um sie kümmern. Bisher ist es nur ein begründeter Verdacht, dass es sich bei dem toten Mädchen um ihre Tochter handelt. Für den endgültigen Beweis benötigen wir noch die Identifizierung des Leichnams durch ihre Frau und sie. Fühlen sie sich dazu in der Lage?" „Ja, wir wollen Gewissheit haben. Wo ist unsere Tochter denn jetzt?"

„Der Leichnam wurde der Gerichtsmedizin in Kiel zugeführt. Ich schlage vor, dass ich jetzt zunächst Dr. Wolfers anrufe, damit er ihrer Frau eine Beruhigungsspritze geben kann und dann ihre Schwägerin kontaktiere, damit sie sich um ihre Frau kümmert. Sie können dann morgen in die Gerichtsmedizin fahren. Einverstanden?"

„Ja, so können wir es machen."

Frau Brockmann schluchzte immer noch im Arm von Erika und war nicht ansprechbar. Kurz darauf erschienen Dr. Wolfers und die Schwester von Frau Brockmann vor Ort. Nachdem die Beruhigungsspritze Wirkung gezeigt hatte, fuhren Paul und Erika zum Fundort am Bothkamper See, um alles in Ruhe in Augenschein zu nehmen.

Kapitel 6

Mit schweißnassen Händen steuerte Hans Brockmann seinen 20 Jahre alten Passat Variant durch die Kieler Innenstadt. Er hasste Autofahrten in die Großstadt. Zum Besuch der Holstein-Spiele wurde er immer von seinen Fußball-Kumpels Bernd Lohse und Ralf Petrick mitgenommen. Einkaufstouren mit Anke und Steffi zu Nortex oder ins Outlet-Center nach Neumünster, das ging gerade noch. Oder die jährliche Urlaubsfahrt nach Dänemark oder in den Harz, dafür war das große Auto genau richtig. Toll war es auch, als sie vor zwei Jahren Steffi in den Reiterhof-Urlaub in die Probstei gebracht hatten. Beim Erinnern an seine Tochter zuckte er heftig zusammen. Da sein Volkswagen-Oldie zwar die seinerzeit hochmoderne blaue Armaturenbeleuchtung aber weder Klimaanlage noch Navi hatte, geriet Hans Brockmann immer mehr ins Schwitzen. Die Strecke zur Rechtsmedizin hatte er sich auf einem alten, zerknitterten Falk-Stadtplan von Kiel mit einem Edding gelb markiert. Seine Ehefrau Anke war ihm als Co-Pilotin keine Hilfe. Seitdem die beiden in Blumenthal auf die Autobahn gefahren waren, heulte sie ununterbrochen und schniefte ‚Ach Steffi' in ungezählte Tempo-Taschentücher, die alle im Fußraum des Passats landeten.

‚Warum hatte Anke der Tochter nur so viel erlaubt? Und warum war ich so blöd, das alles zu akzeptieren?' Gedankenverloren übersah Brockmann fast die rote Ampel. Hektisch trat er im letzten Moment auf die Bremse.

„Nun rase doch nicht so!", raunzte Anke ihn vom Beifahrersitz an. Als die Lichtzeichenanlage auf grün schaltete, bog Brockmann vorsichtig aus der Brunswiker Straße in die Feldstraße ab.

‚Jetzt muss es doch gleich rechts abgehen in die Straße zum Parkhaus.' Ohne auf den Radfahrer schräg hinter dem Passat zu achten, lenkte Brockmann seinen Volkswagen in die Arnold-Heller-Straße. Wieder eine Notbremsung!

„Nun pass doch mal auf! Du bringst uns noch alle ins Grab!" Anke wurde zunehmend hysterischer.

„Wer hat denn Schuld, dass wir heute in die Gerichtsmedizin fahren müssen, um unsere tote Tochter zu identifizieren? Wenn du besser auf Steffi aufgepasst und ihr nicht alles erlaubt hättest, wäre sie noch am Leben! Du hast sie doch ins Grab gebracht!", blaffte Hans Anke an.

Diese stöhnte laut auf und blickte ihren Ehemann hasserfüllt an. Ohne ein weiteres Wort zu wechseln, fuhren sie ins riesige Parkhaus und stellten ihr Auto im obersten Parkdeck ab. Schweigend und aneinander vorbei sehend schlurften die Eheleute die paar hundert Meter zum Haus 28, dem Gebäude der Rechtsmedizin.

Die Tote lag in einem weißen Plastiksack auf einem blank geputzten Stahltisch. Die Präparatorin öffnete langsam den Reißverschluss des Leichensackes. Der Anblick ihrer toten Tochter raubte Hans und Anke Brockmann die letzte Fassung. Mit ihren langen, blonden Locken und ihrer blassen Gesichtsfarbe sah sie wie ein Engel aus. Ohne die in einer Ecke des Raumes stehenden Kriminalbeamten Bielfeld und Friedberg überhaupt zu bemerken, stürzten die Eltern zu ihrer toten Tochter. Anke Brockmann rief immer wieder laut den Namen von Steffi; Hans Brockmann weinte lautlos, sein ganzer Oberkörper zuckte dabei heftig.

Die Fachärztin für Rechtsmedizin, Frau Dr. Kunigunde Frankenstein, legte ihre rechte Hand auf die Schulter von Frau Brockmann: „Ich möchte ihnen Beiden mein aufrichtiges Beileid zum Tode ihrer Tochter aussprechen. Sie haben jetzt die Möglichkeit, sich in Ruhe von Steffi zu verabschieden. Die Obduktion ist für heute Nachmittag anberaumt. Wir werden sie über die Kriminalpolizei vom Ergebnis, insbesondere über die genaue Todesursache unterrichten. Und sowie die Staatsanwaltschaft die Leiche freigegeben hat, können sie alles Weitere veranlassen."

Erika Friedberg und Wilhelm Bielfeld sahen betroffen und wortlos zu den verzweifelten Eltern. Zusammen mit dem Vertreter der Staatsanwaltschaft sollten die beiden Polizisten der Leichenöffnung beiwohnen. Als die Eheleute Brockmann nach einer endlos lang wirkenden halben Stunde von der Ärztin aus dem Raum geleitet wurden, fanden die Polizisten ihre Worte wieder.

„Das macht unseren Beruf immer wieder so schrecklich! Ich werde nie lernen, damit umzugehen!" Erika Friedberg ahnte Schlimmes.

Kapitel 7

Die Rechtsmedizinerin Dr. Kunigunde Frankenstein griff zum Telefon:
„Jan, kommst du bitte in Raum 2.9 zur Obduktion von Frau Brockmann. Die Eltern haben die Tote soeben als ihre Tochter identifiziert. Herr Staatsanwalt Westendorf muss gleich eintreffen, von der Kripo sind schon Frau Friedberg und Herr Bielfeld da."
Die Herren Dr. Dower von der Frauenklinik des UKSH und Westendorf von der Staatsanwaltschaft öffneten kurz nacheinander die Tür zum Obduktionsraum. Nachdem sich die Anwesenden, inklusive der Präparatorin Frau Christina-Gisela Lehmann kurz vorgestellt hatten, erläuterte Frau Dr. Frankenstein das weitere Vorgehen. „Wir beginnen mit einer genauen äußeren Untersuchung der Toten. Danach werden wir mit der inneren Leichenschau beginnen. Diese gliedert sich in das Öffnen der Schädel-, Brust- und Bauchhöhle. Hierbei werden wir alle Organe nach Größe, Form, Farbe, Konsistenz und Kohärenz beurteilen. Eventuelle von der Norm abweichende Veränderungen werden wir im Obduktionsbericht vermerken. Außerdem werden wir Blut, Urin, Organproben und einen Scheidenabstrich von der Toten asservieren. Das ganze Procedere wird circa drei Stunden dauern."
„Die staatsanwaltschaftliche Anordnung liegt vor?" Dr. Dower blickte Westendorf fragend an.
„Selbstverständlich, ist bereits in der Akte."
Frau Lehmann sah die drei Vertreter der Staatsgewalt lächelnd an: „Wenn ihnen schummerig werden sollte, gehen sie bitte im Treppenhaus ans geöffnete Fenster und atmen sie tief durch. Oder holen sie sich einen Kaffee, der dort auf dem Tresen steht. Danach geht es ihnen bestimmt wieder besser!"

*

Frau Lehmann öffnete den Leichensack und Steffi lag nackt vor ihnen. Auf den ersten Blick waren keinerlei Verletzungen zu sehen. Frau Dr. Frankenstein untersuchte erst Steffis Kopf von vorn und hinten und verblieb länger bei der Wunde am Hinterkopf. Nachdem die Präparatorin vorsichtig Steffis Kopfhaare abrasiert hatte, wurde sie von der Ärztin nach einer erneuten genauen Untersuchung der Wunde gebeten, diese zu fotografieren und im Obduktionsbericht folgenden Text zu notieren: „Als Todesursache kommt eventuell ein heftiger Stoß auf den Hinterkopf in Frage. Tatwerkzeug könnte der am Tatort sichergestellte Stein sein, an dem sich Blutspuren der Toten befinden. Diese Fragen sind bei der Leichenöffnung detailliert zu prüfen."

Nachdem sie zusammen mit dem Frauenarzt Steffis Brustkorb, ihren Bauch, den Unterleib, Hände und Arme sowie Füße und Beine untersucht hatte, diktierte sie Frau Lehmann für den Bericht: „Spuren an Händen, Armen und im Gesicht, die auf einen Kampf hinweisen, sind nicht vorhanden." Sie blickte ihre Gesprächspartner an: „Insbesondere wegen der Umstände beim Auffinden der Leiche werde ich den Vaginal- und Analbereich genauer untersuchen." Sie machte mehrere Abstriche und steckte die Wattestäbchen in Reagenzgläser. „Die Anhaftungen, sprich die Spermaspuren und die offensichtlich fremden Schamhaare werden wir ebenfalls asservieren. Ich habe es doch vermutet: Sieht alles nach einem ungeschützten, aber einvernehmlichen GV vor der Tötung aus. Genaueres wird die Forensische Genetik herausfinden können."

„Und weshalb kommt keine Vergewaltigung in Betracht?" Bielfeld schaute peinlich-pikiert in die Runde.

„Da würde der Vaginalbereich der Toten wahrscheinlich etwas anders aussehen, lieber Herr Kommissar.

Außerdem habe ich bei der äußeren Untersuchung keinerlei Kampf- oder Abwehrspuren feststellen können." Frau Frankenstein lächelte den Kommissar nett an, soweit es ihr mit ihrem Pferdegesicht möglich war. Vorsichtig drehten sie Steffis Leichnam um und untersuchten den Rücken- und Pobereich sowie die Rückseite der Extremitäten. „Bis auf die Kopfwunde sind auf der Rückseite ebenfalls keinerlei Zeichen für Gewaltanwendungen zu sehen."

Erika Friedberg verspürte ein flaues Gefühl in der Magengegend. Ihr aufmerksamer Kollege Wilhelm Bielfeld wollte sie zur Tür zum Treppenhaus führen und stützte sie an der rechten Schulter.

„Danke Wilhelm, es geht schon!" Tapfer drehte Erika Friedberg sich um und schaute erneut den Ärzten bei ihrer Tätigkeit zu. Diese legten Steffis Körper wieder auf den Rücken. Als sie anfingen, ihn bei den Schlüsselbeinen beginnend zum Brustbein aufzuschneiden und dann gerade herunter bis zum Schambein, war es der Kriminalhauptkommissar, der schwächelte.

„In Kiel verwenden wir zur Leichenöffnung den sogenannten Y-Schnitt, alternativ gibt es auch den T-Schnitt." Frau Dr. Frankenstein machte ihrem Namen alle Ehre. Bielfeld bekam die netten Hinweise kaum noch mit. Sein Blutdruck befand sich gefühlt im Bereich 80/60. Bielfeld setzte sich auf einen der weißen Plastikstühle und nahm eine seiner Kreislauftabletten. Beim Freilegen der inneren Organe, bei der Schädelöffnung und der Untersuchung des Gehirns der Toten drangen die Worte des Arztes ‚Todesursache ist eine durch Einblutung entstandene massive Quetschung des Klein- und Nachhirns und ein dadurch bedingtes Aussetzen der Atmung' wie durch einen Nebel an ihn heran. Bielfeld schaltete gedanklich ab und schaute lieber aus dem

Fenster und zählte die etlichen Baucontainer, die sich gegenüber der Rechtsmedizin befanden.

„Meine Damen und Herren, jetzt wird es interessant!" Die sonore Stimme von Frauenarzt Dr. Dower holte ihn in die bittere Realität zurück. „Schauen sie sich bitte die Gebärmutter genauer an. Die Tote war schwanger, aufgrund der Größe des Fötus tippe ich auf die zehnte bis zwölfte Schwangerschaftswoche."

Ein tiefer Seufzer klang durch den Raum. Nur Staatsanwalt Westendorf fasste sich schnell:

„Ich beantrage, vom Fötus einen genetischen Fingerabdruck zu nehmen. Die DNA-Analyse bitte sofort zu meinen Händen senden. Vielen Dank!"

Kapitel 8

„Wer redet?"
Oberkommissarin Friedberg durchbrach das Schweigen in dem Dienstwagen. Gemeinsam mit ihrem Kollegen Wilhelm Bielfeld war sie auf dem Weg zu den Eltern der ermordeten Steffi. Bielfeld, der sonst einen flüssigen Fahrstil pflegte, blickte starr geradeaus, das Auto wurde immer langsamer.

„Wer redet? Wir müssen uns einigen, wer den Eltern sagt, dass ihr Kind schwanger war?"
Erika Friedberg hatte an einem Seminar teilgenommen, in dem es um das Überbringen von schlimmen Mitteilungen bis hin zu Todesnachrichten ging. Da darf nur einer sprechen. Es gilt, die Nachricht schnell, direkt und ohne ausschweifende Vorrede zu überbringen. Mehr nicht. Es darf aber auch nichts beschönigt werden.

„Machst du das. Das sind ja auch Frauengeschichten", knurrte Bielfeld.

„Von wegen Frauengeschichten. Da sind ja wohl immer auch Kerle dabei! Aber gut, ich mache das."
Erika Friedberg spielte die Situation in Gedanken durch. Sie legte sich eine Strategie zurecht: Nicht lügen. Ich kann den Eltern nicht vorschreiben, was sie über ihr Kind und die Vorkommnisse wissen dürfen. Sie haben ein Recht auf Wahrheit. Ich gebe ihnen diese Informationen nach und nach, werde auch auf Fragen eingehen...
Der Wagen hielt vor dem schmucken Einfamilienhaus der Brockmanns. Die beiden Beamten stiegen aus, umständlicher als sonst richteten sie ihre Bekleidung. Das Ehepaar Brockmann reagierte völlig entsetzt und fassungslos auf die Nachrichten. Anke Brockmann sank wimmernd in einen der breiten Sessel im Wohnzimmer der Familie.

„Aber Steffi hatte doch keinen festen Freund. Noch nie. Nur nette Kumpels in der Clique. Der Landjugend. Nie würde sie mit denen etwas anfangen…"

Erika Friedberg sprach Hans Brockmann an: „Herr Brockmann, wir müssen alles über den Umgang ihrer Tochter wissen. Würden sie bitte mit ihrer Frau gemeinsam eine Liste der Freundinnen und Freunde von Steffi anfertigen. Dazu die Namen ihrer Lehrer. Und die behandelnden Ärzte. Alle, mit denen Steffi in Kontakt gestanden hat."

Hans Brockmann war blass wie eine Leiche. Er begleitete die beiden Polizisten nach draußen. Als er die Tür hinter Erika Friedberg und Wilhelm Bielfeld geschlossen hatte, brach er schluchzend zusammen.

Kapitel 9

Einen Tag danach in ihrem kleinen Kieler Büro. Wilhelm begann:

„Erika, wir haben zusammen viel erlebt und durchgemacht. Einige traurige Fälle, die wir beide bisher im Bordesholmer Raum aufklären konnten. Die tote Steffi geht mir nicht aus dem Kopf. So ein junges Mädchen, kaum so alt wie unsere Nasrin und zudem noch schwanger. So etwas kommt doch nicht von nichts! Schändlich ermordet! Einfach erschlagen. Benutzt und weggeworfen! Ich weiß, wir müssen sachlich agieren und ebenso denken. Ohne jegliche Emotionen. Theoretiker und Klugscheißer wie die golfspielende Staatsanwaltschaft, die nachher alles besser weiß, das sind die Schlimmsten. Erika, ich glaube ich werde langsam zu alt für diesen Job. Ich habe das Gefühl, wir werden in einer verdammt dicken Suppe rühren müssen. Und ich werde solange darin rühren, bis dieses Schwein ein Leben lang hinter Gitter kommt. Das verspreche ich dir!"

„Wilhelm mein Liebster, nun mache aber nicht schlapp, du steckst voller Energie und ich helfe dir. Wir schaffen das! Wie und wo fangen wir an? Wir laden die Jungs und Mädels aus der Clique, mit denen Steffi auf dem Tanz in den Mai war, getrennt zu Gesprächen ein. Das sind erst einmal vier Zeugen, die uns vielleicht weiterhelfen können. Ich werde sie noch in dieser Woche vorladen."

*

„Du Wilhelm, das mit der Wolfsfalle, dem Fangeisen im Wald, geht mir neben dem tragischen Ereignis um Steffi immer im Kopf herum. Hast du eine Meinung? Ich bin wegen der unterschiedlichen Sichtweisen der Betroffenen und der politischen Meinungsmache, nicht in der Lage, mich zu positionieren. Ist der Wolf etwa der

Kriminelle in der Tierwelt? Muss er entfernt werden? Entnommen werden, heißt das im neuen Wortgebrauch."

„Gar nicht schlecht: Wir entnehmen den Mörder von Steffi der Gesellschaft und lassen ihn wegsperren. Aber mir geht es ähnlich, das Pro und Kontra lässt mich hin und her schwanken. Wir werden uns demnächst mit dem Huber unterhalten müssen, vielleicht hilft er uns auch in dieser Hinsicht weiter. Außerdem lese ich gerade ein Buch von Jiang Rong ,Der Zorn der Wölfe', kann ich dir nur empfehlen."

„Wilhelm, da geht mir etwas durch den Kopf. Kann es sein, dass der feige Fallensteller etwas mit dem Tod von Steffi zu tun hat? Räumlich trennen die Tatorte nur einen Steinwurf."

„Erika, du hast Recht, wir müssen uns strukturieren und hart arbeiten. Schritt für Schritt werden wir auch diesen Fall lösen. Ich habe ein gutes Gefühl. Weißt du, was wir in der Schule gesungen haben? ,Ein sehr harter Winter ist - wenn ein Wolf den anderen frisst.' Die Jagd beginnt!"

Erika hatte Mittwoch, den achten Mai, für die Zeugenaussagen terminiert. Alle Zeugen hatten zugesagt. Sämtlich standen sie noch unter Schock, das konnte Erika Friedberg bei ihren Telefonaten heraushören. ,Wir müssen sehr vorsichtig und überaus sensibel mit den Beteiligten umgehen, das war ihr bewusst.' Wilhelm hatte sich bereit erklärt, nur als Moderator zu agieren. Er war emotional noch zu sehr aufgeladen.

*

Sophie aus Alt-Bordesholm hatte am Maifeiertag Geburtstag, sie war siebzehn geworden. Das wurde ordentlich im ,Alten Haeseler' gefeiert.

Die langen dunkelblonden Haare hingen kraftlos auf ihre Schultern herab, sie starrte nur auf die Tischplatte vor sich.

„Ich habe sehr viel Sekt getrunken und auch ein paar Dreitakter. Der Jungbauer Claas aus Hoffeld hat sich um mich gekümmert, er war sehr lieb zu mir. Nach der Maipolonäse durch den Saal und über den Parkplatz vor der Tür habe ich von Steffi nichts mehr gesehen und gehört, außerdem musste ich mich übergeben und habe ein wenig den Überblick verloren."

*

Line war die beste Freundin von Steffi, man sah sie nur zusammen, verhielten sich wie Schwestern. In der letzten Zeit, etwa so vor einem viertel Jahr, hatte sich Steffi allerdings verändert und sonderte sich mehr und mehr von der Gruppe ab. Aber zum Tanz in den Mai war sie voll dabei, wollte und durfte sogar bei Line übernachten.

„Wenn ich meine Regel habe, gibt es zwei Tage, an denen ich starke Kopfschmerzen habe, außerdem überkommen mich intervallartige Brechreize. Ausgerechnet bei der Superfete war es wieder einmal soweit. Nichts ging mehr. So etwa gegen 23.00 Uhr teilte ich Steffi mit, ich müsse mich hinlegen, werde mir ein Taxi der Firma Rohwer rufen und nach Nettelsee fahren lassen, tut mir leid."

Line bekam einen Weinkrampf.

„Alles ist meine Schuld - ich bin eine Mörderin!"

Erika unterbrach das Gespräch und nahm Line in den Arm. Wilhelm stellte sich hinter die beiden Frauen.

„Das bist du nicht Line, deine beste Freundin ist nicht von dir ermordet worden! Aber wir werden den Täter zur Strecke bringen, das verspreche ich dir."

Erika konnte Line etwas beruhigen. Wilhelm musste sich setzen.

„Mir fällt noch etwas ein."

„Was?"

„Gegen zwei Uhr in der Nacht erhielt ich eine WhatsApp. Sie war von Steffi.

Kurz und knapp war die Nachricht:

‚Mir geht es supergut. Bin megaglücklich. Werde bei einem Freund übernachten. Kein Wort an meine Eltern. Steffi.'

*

Erika wollte den dritten Zeugen hereinrufen lassen.

Wilhelm meldete sich:

„Erika, ich brauche jetzt einen doppelten Espresso. Wir machen eine Pause. Ich lade dich in die Kantine ein."

Die Pause hatte den beiden Ermittlern gutgetan, es konnte weitergehen.

*

Forsch betrat ein etwa zwanzigjähriger den Raum. Er nahm Aufstellung.

„Mein Name ist Mats, nicht Hummels, aber Knobel. Bin Student der Rechtswissenschaften, wie kann ich ihnen behilflich sein?"

Ein forscher Typ, dachte Erika.

„Sie haben sich als sogenannter Cliquenchauffeur für die Maifeier bereit erklärt. Ihr VW-Bus hat eine Menge Platz und sie haben an diesem Abend keinen Tropfen Alkohol getrunken."

„So ist es."

„Können sie etwas über den Verbleib von Steffi an diesem Abend aussagen?"

„Leider nicht. Ich habe meine alte Schulfreundin Tina wiedergetroffen. Wir hatten uns ewig nicht mehr gesehen. Ihre wasserblauen Augen nahmen mich sofort in ihren Bann. Ich bot ihr an, ihr meinen Bully zu zeigen. Danach habe ich Steffi nicht mehr gesehen."

„Alles nicht erquicklich", seufze Erika. „Aber einen haben wir noch."

*

Ulf hatte seine Grundausbildung bei der Bundeswehr abgeschlossen, nannte sich jetzt Gefreiter. Er sagte aus, dass er an dem Abend am Tresen gesessen hätte, voller Freude, alte Freunde wiederzutreffen. Bier trinken und rumalbern gefiel ihm besser als die Jagd nach den kurzen Röcken. Sein alter Feuerwehrkamerad Hannes half ihm dabei.

„Das glaub ich nicht. Zwei junge Männer und keinen Blick für die herausgeputzten Deerns", lockte Erika.

Ulf wurde unruhig auf seinem Stuhl.

„Na ja, die Steffi habe ich schon im Auge gehabt. Toll sah sie aus an diesem Abend. Kurz vor Mitternacht hatte ich all meinen Mut zusammengetrunken und wollte sie zum Tanz in den Mai auffordern. Zu spät. Steffi befand sich bereits auf der Tanzfläche. Sie tanzte eng mit einem deutlich älteren Mann und knutschte wild mit ihm. C'est la vie - oder wie sagt der Russe?"

Wilhelm mischte sich ein.

„Was war das für ein Mann, kennen sie ihn?"

„Irgendwie kam er mir schon bekannt vor, woher - keine Ahnung. Etwa Mitte bis Ende Dreißig. Sehr korrekt gekleidet, Anzug und so. Fast vornehm, wie ein Politiker aus dem Fernsehen. Vielleicht ein Onkel von Steffi. Hannes meinte, Steffi stehe auf ältere Männer, er habe schon häufiger ähnliche Situationen beobachten können."

„Vielen Dank Ulf, sie haben uns einen Riesenschritt nach vorne gebracht." Wilhelm klopfte dem jungen Soldaten auf die Schulter.

49

„Erika, hier haken wir nach. Wir werden uns mit dem Wirt und der Bedienung aus dem Haeseler unterhalten."

Kapitel 10

Nach den Vernehmungen der Zeugen machte sich Wilhelm Bielfeld sofort daran, die Aussagen, die auf Band mitgeschnitten worden waren, auf weitere Ermittlungsansätze zu überprüfen.

Da wäre zunächst der Jungbauer Claas aus Hoffeld zu befragen, der sich um die angetrunkene Sophie aus Bordesholm gekümmert hatte. Er beschloss für sich, den Jungbauern gemeinsam mit Paul Schröder aufzusuchen. Meistens konnte Paul noch etwas zu der Person und bestimmten Zusammenhängen berichten und außerdem musste Wilhelm in dem weitverzweigten Hoffeld nicht lange nach der richtigen Hofstätte suchen. Paul kannte alle Gehöfte im Dienstbezirk der Polizeistation wie seine Westentasche.

Die Taxifirma Rohwer bestätigte auf telefonische Nachfrage, dass eine weibliche Person gegen 23.00 Uhr vom Alten Haeseler in Negenharrie nach Nettelsee gefahren worden war. Der Taxifahrer konnte keine weiteren relevanten Hinweise geben und meinte nur, dass sich zu diesem Zeitpunkt zahlreiche Personen vor der Gaststätte aufgehalten und offensichtlich vorgeglüht hätten. Er wäre später noch zu weiteren Touren in Negenharrie gewesen, aber außer vielen betrunkenen Menschen in und vor der Gaststätte hätte er im Hinblick auf die aktuellen Ermittlungen nichts festgestellt.

Die WhatsApp-Nachricht, die Line auf ihrem Smartphone von Steffi gegen zwei Uhr in der Tatnacht erhalten hatte, wurde von der Kriminaltechnik durch einen Screenshot gesichert. Wilhelm rief anschließend bei Steffis Handy-Provider an, um zu ermitteln, in welche Funkzelle das Handy des Opfers zu diesem Zeitpunkt eingeloggt gewesen war. Der Angestellte des Providers war zum Glück nicht so bürokratisch, wie Wilhelm es sonst schon häufig erlebt hatte. Nachdem Bielfeld ihm erklärt hatte, worum es in diesem Fall gehe, war der Mann sichtlich betroffen und sagte, er habe auch eine Tochter in diesem Alter und sei gerne bereit, in diesem speziellen Fall schnell zu helfen. Eine halbe Stunde später rief er zurück und teilte mit, dass Steffis Handy zu diesem Zeitpunkt in einen Sendemast in der Nähe des Bothkamper Sees eingeloggt gewesen sei.

Tina Christiansen, die alte Schulfreundin von Mats Knobel, bestätigte Wilhelm am Telefon, dass Mats und sie sehr lange und ausgiebig den alten VW-Bus von Mats inspiziert und das sonstige Geschehen dabei ausgeblendet hätten. Als sie wieder in den Saal zurückkehrten, habe sie Steffi jedenfalls nicht mehr gesehen.

Auch Hannes, der Feuerwehrkamerad des Gefreiten Ulf, konnte keine sachdienlichen Angaben beisteuern. Er hätte zwar den Mann mit dem Anzug, der mit Steffi eng getanzt hatte, auch gesehen, aber es habe ihn nicht weiter interessiert. Sein Augenmerk an diesem Abend lag mehr bei Bier und Korn. Wilhelm hatte am Telefon den Eindruck, dass Bier und Korn nicht nur an diesem Abend die Schwerpunkte von Hannes waren.

Wilhelm entschloss sich, nach Negenharrie zu fahren und mit dem Wirt und der Bedienung zu sprechen. Der Wirt, Bernd Rixen, war ein typischer Gastronom für einen Landkrug: Bodenständig und pragmatisch. Freundlich und offen trat er Wilhelm gegenüber.

„Derartige Veranstaltungen finden schon seit Jahrzehnten im Haeseler statt. Es gab gelegentlich auch einmal die eine oder andere Streitigkeit und manchmal auch eine Schlägerei von Halbstarken, aber dass ein Mädchen ermordet worden ist, erschüttert das ganze Dorf. Hoffentlich schnappen sie den Täter bald, Herr Bielfeld. An dem Abend war ich überwiegend in der Küche und am Biertresen beschäftigt. Sie können sich sicher vorstellen, was hier so los ist, wenn einige hundert Menschen bei uns in den Mai tanzen. Ich kann leider keine weiteren Hinweise geben. Ich kannte das Mädchen auch nicht. Sie soll ja aus Bordesholm stammen."

„Ja, das stimmt, Herr Rixen. Wir unternehmen natürlich alles, um diesen Fall aufzuklären. Auch wenn es das arme Mädel nicht mehr lebendig macht, aber das sind wir zumindest den Eltern schuldig. Wer hat denn am Tresen und im Saal an diesem Abend bedient?"

„Angela, kommst du bitte einmal zu uns herüber", Bernd Rixen winkte eine Kellnerin heran, die kurz zuvor für eine Gesellschaft Eierlikörtorte und Kaffeegedecke serviert hatte. Wilhelm kam diese Kellnerin bekannt vor, wusste allerdings nicht sofort woher.

„Hallo Herr Bielfeld", begrüßte ihn die Frau vertraut.

„Ich weiß, ich kenne sie. Leider kann ich sie im Moment nicht einordnen", versuchte Wilhelm die Situation zu retten.

„Ich bin Angela Martens. Ich arbeite auch im Hotel Carstens in Bordesholm. Da waren sie mit ihrer Kollegin Friedberg doch zum Spargelgericht." Wilhelm fiel es wie Schuppen von den Augen. Diese Zeugin hatte ihnen entscheidend geholfen, das Tötungsdelikt zum Nachteil der Staatsanwältin in Bordesholm aufzuklären.

„Ja, natürlich. Jetzt fällt es mir wieder ein, Entschuldigung. Frau Friedberg und ich ermitteln aktuell in dem Fall Steffi Brockmann. Sie haben sicher von dem Vorgang gehört. Steffi war in ihrer Todesnacht hier im Haeseler. Ist ihnen etwas Ungewöhnliches aufgefallen? Kannten Sie Steffi überhaupt?"

„Ja, ich habe Steffi gekannt. Sie war öfter hier im Haeseler und auch in Bordesholm bin ich ihr gelegentlich begegnet. Beim Tanz in den Mai ist mir schon etwas aufgefallen. Steffi hat eine ganze Zeit mit einem Mann getanzt, der etwa doppelt so alt war wie sie. Irgendwie passte der nicht zu den übrigen Gästen. Zu solchen Veranstaltungen trifft sich ja eher das Jungvolk aus der Umgebung. Der Mann trug einen Anzug mit Krawatte und wirkte irgendwie wie ein Politiker oder Geschäftsmann. Ich hatte schon gedacht, vielleicht ist er aus Versehen in die Veranstaltung geraten, weil er eigentlich nur etwas zu Abend essen wollte. Auf jeden Fall wirkte er relativ nüchtern im Vergleich zu den sonstigen Gästen. Mir fiel auf, dass er intensiv mit Steffi auf der Tanzfläche geknutscht hat. Er war etwa 185 cm groß, dunkelhaarig und gutaussehend. Ich habe das Gefühl, dass ich den Mann schon einmal irgendwo gesehen habe. Vielleicht im Fernsehen oder auf einem Plakat, ich kann es nicht sagen. Ich würde ihn aber wiedererkennen. Meinen sie, dass das der Mörder ist?"

„Das kann ich zu diesem Zeitpunkt nicht sagen. Auf jeden Fall ist er aber ein wichtiger Zeuge, der kurz vor Steffis Tod einen ziemlich engen Kontakt zu ihr hatte. Ich bedanke mich ganz herzlich bei ihnen, Frau Martens und auch bei ihnen, Herr Rixen."

Kapitel 11

Die Stimmung im großen Saal des Hotel Carstens war angespannt. Mit ungefähr 200 Zuschauern war der Raum fast bis auf den letzten Platz belegt. Der erste Eindruck ließ vermuten, dass hier politische Welten aufeinanderstoßen würden. Leger gekleidete Menschen, viele Männer mit Vollbart und in Jeans und Pullover und viele Frauen in bunten Sommerkleidern auf der einen Seite. Auf der anderen ältere Jahrgänge, die Damen im Kostüm und die Herren in Schlips und Kragen.

‚Aber passt diese Klassifizierung in links und rechts überhaupt noch zu den heterogenen Wählerschaften der einzelnen Parteien?' Reinhard Koglin vom Bordesholmer Kulturverein als Träger der heutigen Veranstaltung hatte da seine Zweifel.

Die zahlreichen Servicekräfte von Petra und Karsten Rocholl hatten Mühe, alle Getränkebestellungen in möglichst kurzer Zeit auszuführen. Etliche große Tabletts mit gut gefüllten Holsten-Bier-Gläsern, aber auch diverse Kännchen Kaffee wurden an die vollbesetzten Tische gebracht. Alle vom Bedienungspersonal bemühten sich, die ersten Getränkewünsche vor Beginn der Wahlveranstaltung zu erfüllen.

Gleich nachdem die neugegründete Partei ‚Wir sind die Deutschen' ihren Antritt zur Europawahl 2019 bekannt gegeben und jetzt zu ihrer Wahlveranstaltung ins Hotel Carstens eingeladen hatte, gab es erregte Diskussionen im Bordesholmer Land.

Der regional bekannte Altbürgermeister einer kleinen Landgemeinde, Hans Goos, bekannte sich gleich öffentlich als Anhänger der neuen Partei. ‚Endlich mal eine konservative Alternative zur Merkel-CDU, aber ohne das Proll-Gehabe der AfD!'

55

Andere, so der stellvertretende Bürgermeister von Groß Buchwald, schimpften über die ‚alten Rechten in neuem Gewand'.

Auf dem Hotelparkplatz an der Kieler Straße hatten sich circa 50 Demonstranten aufgestellt. Sie hielten Plakate in den Frühlingshimmel: ‚Eine Nazipartei reicht uns völlig!' oder auch ‚Bordesholm bleibt bunt!'

Einige Damen und Herren in der auffallend konservativ-ländlichen Bekleidung hatten ihre Fahrzeuge der gehobenen Mittelklasse auf dem Parkplatz an der Holstenstraße abgestellt und begaben sich, nachdem die Fahrer nochmals kontrolliert hatten, ob sie ihre Audi- und Mercedes-Karossen wirklich abgeschlossen hatten, zum Haupteingang des Hotels. Aber auch Fahrzeuge der Golf-Klasse wurden dort von Leuten in Jeans und Sweatshirt abgestellt.

„Ich nehme unsere Jacken lieber mit rein. Wer weiß, was die Chaoten draußen noch vorhaben." Finanzmakler Wolfgang Schäuberl überredete seine Gemahlin Ingeborg, die leichte Pelzjacke wieder vom Garderobenhaken zu nehmen. Zum Glück hatte Schäuberls Kollege Stoltenberg zwei Plätze an seinem Tisch freihalten können. So konnte Ehepaar Schäuberl rechtzeitig zu Beginn der Veranstaltung Platz nehmen.

„Meine Damen und Herren, ich möchte sie alle im Namen des Bordesholmer Kulturvereines sehr herzlich zur Wahlveranstaltung im Hotel Carstens begrüßen." Der Vorsitzende, Reinhard Koglin, zeigte anfangs eine gewisse, ihm eigentlich fremde, Nervosität. „Wir führen die Bordesholmer Veranstaltungen zur Europawahl mit einem Treffen der Partei ‚Wir sind die Deutschen' fort. In den letzten Wochen waren hier bereits die CDU, die SPD, die FDP, die AfD und die Grünen zu Gast. Unabhängig von den politischen Richtungen der einzelnen Parteien wollen wir im Hotel Carstens dazu beitragen, dass Standpunkte erläutert und diskutiert werden. Ich bitte sie alle hierbei um Fairness und Objektivität. Begrüßen sie bitte den Landesvorsitzenden der Partei, Herrn Kurt Georg Fleckenheim." Verhaltenes Tischklopfen.

Reinhard Koglin übergab das Mikrofon an einen älteren, grauhaarigen Herrn, der mit dezenter Hornbrille, glatt gezogenem Scheitel, grauem Anzug und weinroter Krawatte einen seriösen Eindruck vermittelte.

„Meine sehr geehrten Damen, meine Herren, herzlich willkommen zu unserer Informationsveranstaltung in Bordesholm! Gefühlt 300 Leute hier im Saal! Bei den Parteien der Berliner Kapitulationsregierung sollen es nur 30 bis 40 gewesen sein! Wir erleben heute, wem die deutsche Bevölkerung Interesse und Vertrauen schenkt! Damit sich diese positive Stimmung am Tag der Europawahl, also am 26.Mai, auch in Wählerstimmen und damit in Mandaten in Brüssel niederschlägt, möchten wir – also die Partei ‚Wir sind die Deutschen' – sie heute über unsere politischen Ziele und Grundsätze, aber auch unsere Kandidaten zur Europawahl informieren. Mich persönlich haben sie durch meine zahlreichen Fernsehauftritte bereits kennengelernt; aber unser junger Kandidat Adolph von der Groeben ist vielen von ihnen noch unbekannt. Mit ihm haben wir einen äußerst qualifizierten und sympathischen jungen Menschen für den Listenplatz zwei gewinnen können. Damit sie heute Herrn Adolph von der Groeben genießen können, mache ich die Bühne frei! Vielen Dank!" Fleckenheim strich sich seine graue Haartolle aus der Stirn und gab das Mikrofon an einen jungen, smart aussehenden Mann. Ein Teil des Publikums klatschte Beifall, andere Zuschauer schwiegen, einige wenige pfiffen.

„Sehr geehrte Damen, meine Herren, ich bin sehr erfreut, heute vor so vielen Gästen aus dem herrlichen

Bordesholmer Land sprechen zu dürfen. Bevor ich ihnen erläutern möchte, welche politischen Schwerpunkte ich als Abgeordneter in Brüssel verfolgen werde, möchte ich mich ihnen kurz persönlich vorstellen. Ich bin vor 35 Jahren im schönen Laboe zur Welt gekommen und habe dann nach meinem Abitur an der Kieler Gelehrtenschule Betriebswirtschaftslehre in Hamburg studiert. Seit fünf Jahren besitze ich zusammen mit meiner herzallerliebsten Ehefrau Juliane von der Werth einen gut gehenden Reiterhof in der Probstei."

Keinem der Zuschauer, auch dem Redner nicht, fiel es auf, dass an dem Tisch direkt vor dem Mikrofon, ein stämmiger Mittfünfziger in gehobener Freizeitkleidung Schweißperlen auf der Stirn und Schnappatmung bekam. Nur sein Tischnachbar zur Rechten fragte irritiert: „Hermann, was ist los mit dir? Geht es dir nicht gut?"

Hermann Volkers, ein im ganzen Ort bekannter Altsozialist, wischte sich mit seinem großen Stofftaschentuch die glänzende Stirn ab, griff sich sein halbvolles Bierglas und schnaufte: „Jürgen, lass gut sein. Ist schon OK!"

Der Kandidat Adolph von der Groeben redete frei, ohne Manuskript und in legerer Körperhaltung. Immer mehr Menschen im Saal empfanden ihn als angenehme Alternative zu den üblichen, grau und langweilig wirkenden Berufspolitikern aus Kiel und Berlin.

„Jedes Jahr haben wir, das heißt meine Frau Juliane und ich, unsere Beschäftigten und" - von der Groeben lächelte breit mit seinem Zahnpastareklamemund - „selbstverständlich auch unsere Pferde, ungezählte junge Menschen für den Pferdesport begeistert. Sehr viele junge Buben und noch mehr junge Mädel engagieren sich für Ziele, die heute in unserem Land viel zu selten geworden sind:

VERANTWORTUNGSBEWUSSTSEIN! PFLICHTGE-
FÜHL! LIEBE FÜR DIE GÖTTLICHE SCHÖPFUNG!"
„Du elendes Schwein, du redest von Verantwortungsbewusstsein und von göttlicher Schöpfung?" Wutentbrannt stand Hermann Volkers auf. „Du hast damals
meine 16-jährige Tochter Simone geschwängert. Du
hast die Vaterschaft abgestritten und Simone als Lügne-
rin beschimpft. In ihrer Verzweiflung hat sie das Kind
abgetrieben. Dabei ist sie elendig verblutet! Du Schwein
hast meine Tochter auf dem Gewissen. Das wirst du bü-
ßen!" Mit seinen kräftigen Maurerhänden packte er von
der Groeben am Genick und schüttelte ihn durch. Dem
Politiker gelang es nicht, sich zu wehren. Als ihm bereits die Luft ausging, konnten Karsten Rocholl und
seine kampferprobte Oberkellnerin die beiden endlich
trennen. Volkers wurde in der Kühlkammer des Hotels
eingesperrt, um von der Groeben kümmerten sich zwei
Ärzte aus dem Publikum. Finanzmakler Schäuberl
hatte schnell zu seinem I-Phone gegriffen und die Bordesholmer Polizeistation angerufen. Paul Schröder
teilte die sofortige Ankunft eines Streifenwagens mit. Er
wandte sich an seinen Kollegen Michael Hass:
„Mein Gott, geht es hier schon wieder los mit den Strei-
tigkeiten! Letztes Jahr der Stress wegen der Windkraft
hat doch wohl gereicht!"

Kapitel 12

Wilhelm Bielfeld hatte seinen Kopf hinter seinen Händen verborgen. Die Augen lugten nur durch Sehschlitze zwischen seinen Fingern in Richtung seiner Kollegin Erika Friedberg.

„Erika, du bist doch eine Frau."

Erika sah auf: „Ach, wie kommst du denn darauf?"

„Entschuldige bitte, falscher Einstieg; ich beginne neu: Erika, du warst auch mal ein junges Mädchen."

„Das ist ja noch schlimmer, du alter Mann!"

„Es ist auch nicht so einfach für mich. Ich weiß gar nicht wo und wie ich da anfangen soll?"

„Einfach frei von der Leber weg, schlimmer kann es jetzt eh nicht mehr werden mit dir."

Wilhelm lehnte sich in seinem neuen, ergonomisch geformten Schreibtischstuhl zurück.

„Aber bitte nicht schimpfen."

„Was soll so ein blödes Geschwafel. Wir sind Kollegen und kein Ehepaar. Leg los!"

„Erika, wann hast du eigentlich das erste Mal?"

Erika schlug mit der flachen Hand auf die Tischplatte, es knallte wie ein Pistolenschuss.

„Wilhelm, nun ist aber Schluss. Ende und Aus, bist du bekloppt geworden?"

„Erika, liebe Erika, wir brauchen unbedingt eine Pause. Ich hole uns zwei doppelte Cappuccini aus der Kantine und dann beginnen wir neu."

*

Wilhelm und Erika nippten gemeinsam an dem köstlichen Heißgetränk.

„Du Erika, weißt du, was ein altes mongolisches Sprichwort sagt?"

„Na, wohl keinen Schweinkram, wann hast du das letzte Mal - oder so?"

„Bitte, nun muss aber Schluss sein. Ich weiß, habe mich ein wenig danebenbenommen, soll nicht wieder vorkommen. Versprochen. Der Mongole sagt: Töte ein Wolfsrudel und du rettest vier Schafherden."

„Interessant! Fasse einen Kinderschänder und du rettest viele arme Kinder."

*

„Wilhelm, du wolltest doch etwas von mir wissen?"

„Ja, Frauensachen sozusagen. Wir müssen die Frauenärztin von Steffi befragen, ich verstehe da einiges überhaupt nicht: Mal von Mann zu Frau. Merkt ein sechzehnjähriges Mädchen, dass es ein Kind bekommt, zumal es sich in der zwölften Schwangerschaftswoche befindet? Warum versucht es zu diesem Zeitpunkt, sich die Pille verschreiben zu lassen? Was sagt ihre Ärztin dazu?"

„Mal von Frau zu Mann. Wilhelm, das sind einfache Fragen, auf die es schwer Antworten zu finden gibt. Ich werde mit der Frauenärztin von Steffi reden. Line hat mir bei unserer Befragung die Flintbeker Rufnummer ihrer gemeinsamen Ärztin mitgeteilt."

*

„Heute gebe ich mal einen Cappuccino aus, einen einfachen natürlich nur, bin ja nicht in deiner Besoldungsgruppe. Aber für den Transport aus der Kantine sorgst du, bist ja schließlich der Mann!" Die dampfenden Plastikbecher standen auf dem Tisch.

„Das mit der Frauenärztin war ein Schuss in den Ofen. Steffi ist in der Praxis als Patientin nicht bekannt. Allerdings konnte sich der Empfang noch an eine telefonische Anfrage erinnern. Vor vier Wochen etwa bat Steffi

Brockmann um ein Rezept für die Pille. Sie wurde unmissverständlich darüber aufgeklärt, dass eine Erstverordnung nur nach einem Arztgespräch und einer eingehenden Untersuchung erfolgen kann. Steffi wurde ein Termin angeboten, den sie aber nicht wahrnahm."

„Nun gut, dann können wir diese Fährte verlassen, wir sollten uns auf den wilden Knutscher konzentrieren, der kann sich ja nicht in Luft aufgelöst haben."

Kapitel 13

Der Wahlkampf für die Europawahl lief heiß. Auch die kleinsten Orte wurden mit Wahlplakaten zugepflastert. Was die Parteien im Ort zur Eindämmung der Plakatwerbung abgesprochen hatten, kümmerte überregionale Klebekolonnen überhaupt nicht. Eine Materialschlacht ohnegleichen, in der vor allem die Konterfeis der Direktkandidaten bekannt gemacht werden sollten. Für die Ermittler im Bordesholmer Raum war diese personifizierte Werbung erfolgreicher als manches von ihnen veröffentlichte Fahndungsfoto. Mehrere Personen meldeten sich ungefragt bei der Polizei und gaben an, dass sie Adolph von der Groeben als den Mann erkannt hätten, mit dem Steffi Brockmann beim Tanz in den Mai intensiv geflirtet hatte. Polizeihauptkommissar Wilhelm Bielfeld kommentierte lakonisch: „Na, so hat noch keiner von unseren Kunden auf sich aufmerksam gemacht. Dann wollen wir den Herrn mal unter die Lupe nehmen."

*

Einige Tage vor der Europawahl fand eine abschließende Podiumsdiskussion statt. Die im Europaparlament vertretenen Parteien entsandten jeweils ihren Spitzenkandidaten, jeder Bewerber erhielt für ein Einführungsstatement drei Minuten Zeit, danach sollten die wichtigsten Themen zu Europa abgehandelt werden. Der Gesprächsleiter, Reinhard Koglin, hatte sich viel Mühe mit der Planung des Ablaufs der Veranstaltung gegeben; seine langjährigen Erfahrungen als Kommunalpolitiker und Bürgervorsteher sollten sich auszahlen. Aber die Besucherzahl im Sportheim war viel geringer, als angenommen. Dennoch knisterte die Luft. Offenbar waren von allen

Parteien überzeugte Anhänger gekommen, die sich vorgenommen hatten, diese Veranstaltung für ihren Kandidaten zu einem Heimspiel zu machen. Dank seiner Routine gelang es Reinhard Koglin, Zustimmung zu seinem Verfahrensplan zu erreichen. Gerade wollte er das Wort dem ersten Redner für sein Statement geben, da drängte noch eine Gruppe von Besuchern zur Tür hinein. Die acht Männer und eine Frau trugen Jägerkleidung. Sie stellten sich vor dem Podium auf. Einer rief: „Jetzt, Claas!" Claas hatte einen großen Jutesack auf dem Rücken. Den Inhalt kippte er mit Schwung vor die Tische, hinter denen die Diskussionsteilnehmer aufgereiht saßen. Es war der Kopf eines Schafes, an dem das Rückgrat, Wollfetzen und ein Hinterbein hingen. Verkrustetes Blut überall. „So sieht es aus, wenn Wölfe in unserem Land herrschen. Und das tun sie, weil die EU ihre Hände schützend über das Raubtier hält. Wir fragen sie als Kandidaten für das EU-Parlament: ‚Sind sie mit uns dafür, dass der Wolf bejagt werden darf?' Dann haben sie unsere Stimmen!" Da riss der Jungbauer Claas die Faust hoch: „Utrodden dat Pack! Düütschland is keen Wolfsland!" In der entstandenen Verwirrung erhob die Kandidatin der Grünen ihre Stimme: „Unter diesen Umständen ist es mir nicht möglich, über dieses Problem zu diskutieren. Und auch über andere Probleme nicht. Ich schlage vor, Herr Versammlungsleiter, wir beenden die Veranstaltung." Dem stimmte Reinhard Koglin zu.

Kapitel 14

„Du Erika, mit diesem Groeben werden wir uns intensiv befassen müssen. Er nennt sich von der Groeben und nicht nur einfach von Groeben, so ähnlich wie aus dem Graben und nicht nur aus Graben. Na ja der Adel hat seine eigenen Gepflogenheiten. Warum und wieso das so ist, werden wir nebenbei erfahren können. Bevor wir ihn vorladen, sollten wir uns unbedingt über sein Verhältnis zu Steffi schlau machen. Es war noch nie ein Fehler, sich im feindlichen Lager auszukennen. Das Beste wird sein, wir nehmen Kontakt zu Steffis Eltern auf, die müssten es am ehesten wissen, ob ihre Tochter Kontakt zu diesem politischen Grabenkämpfer hatte. Ein Foto von diesem Herrn könnte hilfreich sein."

„Wir mopsen uns heimlich ein Wahlplakat und fahren damit zu den Brockmanns. Der Kandidat wirkt auf den Plakaten wie der Wunschkandidat aller Schwiegermütter, mindestens die Mutter wird ihn wiedererkennen."

„Das geht ja wohl gar nicht! Ich habe, weiß aber nicht wo, einen Riesenstapel Flyer von dem Herrn gesehen, sauber und ordentlich abgelegt. Wenn ich nur wüsste wo?"

„Vielleicht in der SPD-Geschäftsstelle am Lüttenheisch. Witz, Witz! Entschuldige bitte Wilhelm."

„Du hast mir die Augen geöffnet, danke Erika. Ein öffentlicher Platz. Das Zentrum von Bordesholm. Stapelweise in braune Papierstreifen eingebündelt, lagen hunderte Faltblätter im Abfallbehälter vor dem neuen Drogeriemarkt. Auf los geht's los, Erika, wir lösen diesen Fall noch heute."

„Oder auch nicht, Chef."

*

Wilhelm Bielfeld wollte seinen rechten Daumen auf den Klingelknopf ‚Familie Brockmann' setzen, da öffnete sich die Tür, wie von Geisterhand. Es sprudelte aus Anke Brockmann heraus: „Haben sie den Mörder gefasst? Wer war es? Bekommt er lebenslänglich?"

Wilhelm musste beruhigen. „Ganz soweit sind wir leider noch nicht, aber wir verfolgen bereits eine heiße Spur. Dürfen wir hereinkommen und ihnen ein paar Fragen stellen?"

„Sehr gern, es wird aber schwierig; mein Mann spricht nicht mehr."

„Wie das?"

„Er hat das Reden eingestellt, schaut nur noch aus dem Fenster."

„Erika, übernimm bitte." Sie setzten sich an den großen Esstisch in der Wohnstube,

Hans Brockmann blieb am Fenster sitzen.

„Schauen sie sich bitte dieses Gesicht an", Erika Friedberg legte den Flyer auf den Tisch.

„Ist er das, das Schwein?"

„Nein, er ist aber ein wichtiger Zeuge. In der Nacht hatte dieser Mann engen Kontakt zu ihrer Tochter."

„Also war er es doch!" Anke Brockmann schaute lange auf das Konterfei von Adolph von der Groeben. Ihr Mann starrte weiter aus dem Fenster.

„Diesen Kerl habe ich noch nie gesehen. Auch seinen Namen habe ich noch nie gehört. Steffi hatte mit Sicherheit keinen Kontakt mit diesem Schwein. Sieht so nett aus und ist ein elender Mörder. Armes Deutschland."

„Ich möchte sie bitten Frau Brockmann, mäßigen sie sich. Ich sagte schon, Herr von der Groeben ist lediglich ein wichtiger Zeuge, mehr nicht." Erika legte einen Flyer auf die Fensterbank neben Hans Brockmann. Er würdigte ihm keines Blickes.

Wilhelm Bielfeld räusperte sich.

66

„Wir bedanken uns für das Gespräch, ich verspreche ihnen, wir werde sie ständig auf dem Laufenden halten."

Vor der Tür zog Wilhelm laut zischend die Luft ein. „Was für ein Scheiß-Job Erika."

*

Die Kommissare hatten noch nicht ihr Büro aufgeschlossen, da schoss die Praktikantin Paula Kowalsky den beiden entgegen.

„Neuigkeiten - Neuigkeiten, eine Sensation, eine Wende. Unglaublich, einfach unglaublich!"

Wilhelm sah auf. „Was gibt es, ist Bayern München Deutscher Meister geworden?"

„Verstehe ich nicht, wir ermitteln doch nicht in Bayern, es geht um den Mord an Steffi Brockmann. Hier die Stichworte, ich wette, da fällt ein Affe aus dem Nest: Das endgültige Untersuchungsergebnis des Gerichtsmediziners liegt vor! Fest steht, der Erzeuger des Embryos und der letzte Sexpartner in der Todesnacht sind nicht identisch. Punkt."

„Das macht die Lage nicht übersichtlicher", Wilhelm rieb sich sein Kinn. „Erika! Frau Kowalsky! Wir brauchen so schnell wie möglich einen Gesprächstermin mit dem Adligen und dabei werden wir eine DNA-Probe abfordern."

Kapitel 15

Die Telefonnummer des Adolph von der Groeben hatte Wilhelm Bielfeld über das Internet schnell ermittelt. Gegen 16.30 Uhr rief er ihn auf seinem Festnetzanschluss an und erklärte ihm den Grund seines Anliegens. Adolph von der Groeben räumte sofort ein, Steffi gekannt zu haben. Er wirkte nervös am Telefon und bat um Diskretion wegen seiner politischen Stellung, aber auch wegen seiner Ehefrau. Bielfeld lud ihn für den nächsten Tag um 14.00 Uhr in die Bordesholmer Polizeidienststelle vor, um ihn als Zeugen zu vernehmen. Erika und Wilhelm fuhren gegen Mittag nach Bordesholm.

„Hallo, liebe Kripokollegen. Ich habe euch schon das Vernehmungszimmer vorbereitet", begrüßte Paul Schröder das Ermittlerteam aus Kiel. Nach einem kurzen Plausch bei einer Tasse Kaffee klingelte es. Paul stand auf und öffnete die Eingangstür über den Summer. Selbstbewusst betrat Adolph von der Groeben die Wache. Er trug einen grauen Sommeranzug mit einer fliederfarbenen Krawatte.

„Guten Tag. Mein Name ist von der Groeben. Ich habe einen Termin mit Herrn Bielfeld von der Kripo Kiel."

In der ihm eigenen Art rief Paul nach hinten in den Sozialraum: „Euer Termin ist da!" Gemächlich schlenderten Erika und Wilhelm in Richtung Wachraum. Sie hatten sich auf der Fahrt nach Bordesholm verständigt, wer die Gesprächsführung in der Vernehmung übernehmen sollte. Wilhelm wollte sich zurückhalten und als Beobachter fungieren. Steffis Sexualkontakte und ihre Schwangerschaft sollten noch nicht Gegenstand der Befragung sein. Dies könnte zu einem späteren Zeitpunkt vielleicht noch wichtig werden.

Nach kurzer Begrüßung betraten sie das Vernehmungszimmer, das zur Rückseite des Gebäudes gelegen war, um eine möglichst störungsfreie Atmosphäre zu gewährleisten.

„Herr von der Groeben, Herr Bielfeld und ich ermitteln in dem Tötungsdelikt zum Nachteil von Frau Brockmann. Das hat ihnen mein Kollege gestern am Telefon ja bereits erklärt. Wir wissen von verschiedenen Zeugen, dass sie kurz vor Steffis Tod auf dem Landjugendball in Negenharrie mit ihr getanzt haben. Dabei soll es auch zum Austausch von Zärtlichkeiten gekommen sein. Sie können sich sicher vorstellen, dass es dazu viele Fragen gibt. Haben sie Steffi an diesem Abend kennen gelernt oder kannten sie sie schon vorher?"

Von der Groeben nestelte nervös an seinem blauen Siegelring, den er am rechten Ringfinger trug und auf dem übergroß der Buchstabe A eingraviert war. „Ich kannte Steffi seit ungefähr einem Jahr. Meine Frau führt unter ihrem Mädchennamen Juliane von der Werth einen Reiterhof. Steffi kam mehrfach in der Woche zu uns auf die Anlage, um zu reiten und die Pferde zu versorgen. Dabei haben wir uns kennen gelernt. Ich fand sie sympathisch und ein hübsches Mädchen ist sie ja auch gewesen. Wir haben uns gut verstanden und ein wenig miteinander geflirtet, aber mehr war da nicht! Sie war ja viel zu jung für mich."

„Beim Tanz in den Mai spielte das Alter dann ja wohl keine Rolle mehr, oder?"

„Das war irgendwie aus dem Moment heraus entstanden. Wir hatten beide Alkohol getrunken und die Hemmschwelle war offensichtlich herabgesetzt. Sonst wäre es niemals zu dieser Knutscherei gekommen. Steffie hatte mich den ganzen Abend mit ihren Blicken heiß gemacht. Schließlich habe ich sie zum Tanzen aufgefordert und dann ist es zu dieser Knutscherei auf der

Tanzfläche gekommen. Im Nachhinein ist es mir auch irgendwie peinlich, aber ich führe es auf den Alkohol zurück. Ich habe zu Hause noch mächtig Ärger mit meiner Frau bekommen, weil ich von Steffi einen Knutschfleck hatte."

„Wann sind sie denn nach Hause gefahren und kann dies jemand bestätigen?"

„Ich bin gegen 01.30 Uhr mit einem Taxi allein nach Hause gefahren. Ich weiß nicht mehr, welchen Taxiunternehmer der Wirt angerufen hat. Aber das bekommen sie sicher heraus. Der Taxifahrer kann bestätigen, dass er mich gefahren hat. Außerdem ist meine Frau von dem Lärm wach geworden, als ich in der Nacht zurückgekehrt bin. Es gab sofort eine Riesenszene wegen dieses blöden Knutschflecks." „Und Steffi, war sie noch im Haeseler als sie losfuhren?"

„Ja, natürlich. Sie wollte bei einer Freundin übernachten. In Nettelsee, glaube ich."

„Sind sie mit einer Speichelprobe einverstanden? Wir benötigen die Probe für einen DNA-Abgleich." „Ich habe nichts zu verbergen. Meinetwegen können sie gern eine Speichelprobe haben. Aber ich möchte sie noch einmal um höchste Diskretion wegen meiner politischen Ambitionen bitten."

„Selbstverständlich, Herr von der Groeben, davon können sie ausgehen. Allerdings, wenn ich mir die Bemerkung erlauben darf, fand ich ihr Verhalten beim Tanz in den Mai nicht besonders diskret. Mit einem so jungen Mädchen in der Öffentlichkeit zu knutschen, insbesondere als Ehemann, ist wohl kaum mit einem politischen Amt zu vereinbaren."

„Das ist ja wohl meine Angelegenheit", erwiderte von der Groeben sichtlich verärgert. Um die Situation ein wenig zu beruhigen, holte Wilhelm den Wattestab heraus und bat den Zeugen, um die vereinbarte Probe für die DNA-Analyse. Anschließend verabschiedete sich von der Groeben und verließ die Wache.

„Da hast du den feinen Herrn wohl an einem wunden Punkt erwischt, Erika", Wilhelm schmunzelte bei dieser Bemerkung.

„Das war auch meine Absicht, mein lieber Wilhelm!" konterte seine Kollegin.

Kapitel 16

„Mit 2000 können wir also rechnen? Geht nicht noch ein bisschen mehr? Sie wissen doch, diese Wahl ist von großer Bedeutung. Sie wird unserer Partei ‚Wir sind die Deutschen' den Durchbruch bringen. Wir werden die einzige bürgerlich-konservative Alternative sein. Aber der Wahlkampf kostet natürlich Geld." Der junge Mann winkte kurz seiner Mutter zu, die in den Raum getreten war. „Also 3000? Vielen Dank! Bitte schnell überweisen! Auf Wiederhören." Er wandte sich seiner Mutter zu: „Tja, Mama, ein mühsames Geschäft. Aber es läppert sich. Lass mich mal zusammenzählen…"

„Nein, dazu ist keine Zeit. Deine Freunde warten draußen. Sie sagen, es gibt noch etwas zu tun." Der Blick der stilvoll in einem schwarzen Kostüm gekleideten Frau ruhte wohlgefällig auf ihren Sohn.

„Ja, wir müssen nach Bordesholm. Dort werden unsere Wahlplakate täglich vernichtet. Dem wollen wir jetzt einen Riegel vorschieben!"

„Deinen Rucksack habe ich an die Tür gestellt. Du brauchst nur noch die Jacke überziehen."

„Danke, Mama, fürsorglich wie immer." Er drückte seiner Mutter einen Kuss auf die Stirn.

„Und seid vorsichtig!"

*

Der schwarze Van lauerte startbereit in einer Koppelzufahrt an der Kreuzung Aalredder / L 318. Die Lichter waren aus. Durch die heruntergekurbelten Fenster glimmte ab und an die Glut einer Zigarette. Aus dem Aalredder näherte sich auf einem unbeleuchteten Fahrrad ein Mann. Er blieb neben dem Van stehen, nannte seinen Namen und sagte: „Ich habe die Vorfälle hier an die Zentrale gemeldet. Jeden Abend werden die

Plakate unserer Partei zerstört. Regelmäßig zwischen zehn Uhr und Mitternacht."

„Du hast uns einen großen Dienst erwiesen, Kamerad. Willst du dabeibleiben, wenn wir mit der Bande aufräumen? Sonst sind wir dir auch nicht böse."

„Doch, ich bleibe hier." Damit zeigte er auf einen schweren Knüppel, den er auf dem Gepäckträger seines Fahrrades befestigt hatte. Die Insassen des Van waren ausgestiegen und hatten vor dem Wagen Aufstellung genommen. Der Radfahrer gesellte sich zu ihnen. Ein hünenhafter Mann in schwarzer Ledermontur baute sich vor der Gruppe auf:

„Wir besetzen die Ortseingänge und die Ortsmitte in Höhe Hotel Carstens mit jeweils zwei Mann. Fahrer und zwei Mann bleiben beim Fahrzeug. Sobald Außergewöhnliches vorkommt, Nachricht über die App an alle. Dann kommt der Van sofort zur Verstärkung." Sein Blick fiel auf die zwei Frauen, die sich in der Gruppe befanden.

„Ach so, mit Mann in diesem Sinne ist natürlich auch die holde Weiblichkeit gemeint." Der Van setzte die Kameraden an den Einsatzorten ab. Dann parkte er wieder rückwärts in die Koppeleinfahrt und lauerte wie ein gefräßiger Fisch in seiner Höhle.

*

Die Ortsdurchfahrt Bordesholm der L 318 war bei den Aufstellern von Werbeträgern überaus beliebt. Wer die Straße einmal durchfuhr wusste, wo bald eine Ü30 Party stattfinden würde, wo der Korn bis Mitternacht nur einen Euro kostete oder dass Helene Fischer wieder einmal versuchen würde, die Ostseehalle zu füllen. Geduldig trugen die Stämme der Linden an der alten Chaussee Kiel-Altona auch die peinlichsten Werbeträger. Eine Steigerung kam nur zu

Wahlkampfzeiten. Noch höher hinauf wurden die Plakate angebracht, besonders Stellschilder fanden ihren Platz zwischen und neben den Alleebäumen. Jedes Plätzchen war heiß begehrt. Verkehrssicherheit war etwas für die Programme der Parteien. Hier pflasterten sie Kreuzungen und Einfahrten dermaßen zu, dass Autofahrern kaum Sicht blieb. Ein Wildwuchs, kein einladendes Entrée in den schönen Erholungsort Bordesholm.

*

Die Geduld der WSDD-Wahlkämpfer wurde auf eine harte Probe gestellt. Nach halb zwölf brummte der Einsatzleiter etwas von „Verrat, hat heute keinen Zweck" in seinen Bart. Er entschloss sich, die Aktion abzubrechen. Da tanzten die Handys. Aus Richtung Kiel war ein Wagen mit einer Ladefläche erschienen. Der Fahrer und zwei Personen. Die beiden Männer liefen auf jeder Straßenseite entlang und versuchten, mit Werkzeugen Wahlplakate zu zerstören. Konnten sie die Plakate schnell lösen, warfen sie sie auf die Ladefläche. Alles ging blitzschnell. „Aufsitzen und Abfahrt!" befahl der Leiter der WSDD-Gruppe. „Wir stellen sie vor ,Netto'. Ihr beiden bei der Kreuzung beobachtet nur, greift nicht ein. Wir holen die Kameraden vom Ortseingang."

Und so begegneten sich die beiden Wahlkampftrupps einmal friedlich, die Verkehrsregeln beachtend. Der schwarze Van wendete an der Querungshilfe am Ortsausgang mit quietschenden Reifen. Jetzt war man bereit.

Vor ,Netto' schnitt der Van den völlig überraschten Fahrer des Pritschenwagens und drängte ihn auf den Seitenstreifen.

„So Jungs, jetzt gibt's auf die Fresse!" Mit diesen Worten sprang der Einsatzleiter, gefolgt von seiner Mannschaft, aus dem Wagen. Einer der beiden Plakatzerstörer versuchte, in die Straße Im Immenkorv zu flüchten, aber vergebens. Gnadenlos wurden die Drei verprügelt und auf die Ladefläche ihres Wagens geworfen. „Wir sind die Deutschen! So wird es allen ergehen, die sich uns in den Weg stellen!" Abermals quietschten die Reifen.

*

Geschäftsführer Gisbert Sprunk strahlte. Solch eine Wahl konnte seinethalben alle paar Monate stattfinden. Die Anzahl der Parteien, die für die Europawahl kandidierten, hatte zugenommen. Alle schalteten bei ihm Anzeigen. Die Bordesholmer Rundschau erreichte die doppelte Seitenzahl. Der Umbruch war gemacht, die Platten lagen druckfertig vor. Ein unangenehmes Gespräch stand dem Herausgeber der Rundschau jedoch noch bevor. Danach würde er drucken. So oder so.

Sprunk führte seine Gäste in das Besprechungszimmer, das in dem obersten Geschoss seines Büroturmes lag. Wer hier oben ankam, hatte zunächst zu schnaufen und nicht zu viel zu sagen. Aber die Vertreter der Bordesholmer Parteien waren aufgebracht. „Hier: Helmut Schmidt wäre heute einer von uns. Jeder anständige Sozialdemokrat muss WSDD wählen. Denn es geht um die Menschen!"

Und hier: „Echter Liberalismus hat heute nur bei der WSDD eine Heimat. Dehler und Genscher sind unsere Zeugen."

Auch der CDU-Vertreter hatte einen Zeitungs-ausschnitt mitgebracht:

„Liebe CDU-Funktionäre und Wähler, wohin hat Merkel euch gebracht? Eure neue konservative Heimat sind wir, die WSDD. Kommt zu uns!"

„Wie soll ich solche Anzeigen verhindern? Pressefreiheit", zuckte Gisbert Sprunk die Achseln.

„Klar, wissen wir auch, wir wissen aber auch, dass wir hier vor Ort noch viele Wahlkämpfe machen werden. Du solltest Rücksicht auf uns nehmen."

„Das kann ich leider nicht. Die Anzeigen sind bezahlt, der Inhalt widerspricht nicht dem Presserecht."

„Een droeppt sich jümmer tweemol."

Grummelnd verließen die Kommunalpolitiker das Druckzentrum. Gisbert Sprunk ging in die Druckerei: „Drucken!"

Die Maschinen liefen an.

Kapitel 17

„Frankenstein? Wollen sie mich verarschen?" Bielfeld schaute verärgert auf sein Telefon. Er hatte in der letzten Nacht kein Auge zugetan. Die Erinnerungen an seine Ex-Freundin Dagmar hatten ihm den Schlaf geraubt. Die kurzen, unregelmäßigen Geplänkel mit seiner Kollegin Erika waren kein wirklicher Ersatz für eine dauerhafte Beziehung. Wütend knallte er den Hörer auf den Apparat.

Kurze Zeit später klingelte es erneut…

„Gerichtsmedizin? Frau Doktor Kunigunde Frankenstein? Oh, ich bitte um Entschuldigung, Frau Doktor! Ich war gerade in einem anderen Film."…

„Wie? Gruselfilm?"…

„Ach so, wegen des Namens."…

„Ja, ich höre."…

„Na, das ist ja ein Ding. Das wirft ja ein ganz anderes Licht auf die Situation. Vielen Dank für die schnelle Information. Ich werde gleich meine Kollegin informieren. Die holt gerade Kaffee."…

„Wie? Emanzipiert?"…

„Vormittags hole ich den Kaffee. Nachmittags sie. Wir sind eben beide emanzipiert. Nichts für ungut. Bis zum nächsten Mal!" Bielfeld musste erstmal tief durchatmen, bevor er laut „Erika" in Richtung Kaffeeautomaten rief.

Die vormittags emanzipierte und nachmittags hilfsbereite Kollegin Friedberg eilte mit einem grauen Plastik-Tablett an Bielfelds Schreibtisch.

„Hier lieber Wilhelm, der obligate Nachmittags-Kaffee. Und zur Feier des Tages zwei Langnese-Eis. Ist so schönes Wetter draußen! Aber was ist los mit dir, Wilhelm? Du guckst ja völlig verstört aus der Wäsche!"

„Erika, eben rief Frau Doktor Kunigunde Frankenstein von der Rechtsmedizin an. Rate mal, welche Informationen sie hatte!"

„Ach Wilhelm, spann mich nicht auf die Folter. Der Kaffee wird kalt und das Eis schmilzt schon. Also leg' los!"

„Es geht um den DNA-Test unseres lieben Herrn von der Groeben. Seine DNA passt weder zu den Sperma-Spuren an Steffis Unterleib noch zu dem Embryo. Die liebe Steffi hatte es wohl mit mehreren Männern gleichzeitig getrieben."

„Hallo! Chauvi! Keine Wertung bitte, es gehören immer zwei dazu."

„Hier waren es mindestens vier!" Bielfeld trank hastig seinen lauwarmen Kaffee und leckte danach genussvoll an seinem Happen.

„Vielleicht hat Adolph von der Groeben wirklich nichts mit dem Mord zu tun. Seine eifersüchtige Ehefrau Juliane hatte vorhin am Telefon sein Alibi bestätigt. Sie war zwar stinksauer wegen seiner Knutscherei im Haeseler, hatte aber die von ihm angegebene Zeit von 1.30 Uhr als korrekt bezeichnet. Sie konnte sich sehr genau an seine Ankunft zuhause erinnern!"

„Und was haben deine Anrufe bei den Taxiunternehmen ergeben?"

„Ich wusste gar nicht, wie viele Taxiunternehmer wir zwischen Kiel und Neumünster haben. Aber schließlich habe ich den richtigen gefunden. Einen türkischen Alleinunterhalter namens Irfan Erdogan."

„Na, bei dem Namen ist es auch kein Wunder, dass der alleine arbeiten muss!" Bielfeld fand wieder Gefallen an seinem Beruf.

„Sehr witzig, Wilhelm! Auf jeden Fall konnte Herr Erdogan die Angaben unseres Knutschers bestätigen. Ihm war während der halbstündigen Fahrt in die Probstei aufgefallen, dass der Fahrgast die ganze Zeit schmatzende Geräusche gemacht und sich dauernd die Lippen geleckt hatte."

„Woher weiß Herr Erdogan das denn?"

„Er hatte öfters in den Rückspiegel geschaut. Wohl eine alte Taxifahrer-Krankheit. Außerdem war ihm die einerseits sehr teure und vornehme Kleidung aufgefallen, die andererseits aber sehr unkorrekt getragen wurde: Die Krawatte hing auf halb acht. Und der Hemdkragen war so weit geöffnet, dass ein riesiger blauer Knutschfleck am Hals zu sehen war. Für das Alter des Kunden doch ziemlich ungewöhnlich. Ungewöhnlich war auch die Höhe des Trinkgeldes, das der Kunde schließlich zahlte."

„Das sind wohl zwei glaubhafte Zeugenaussagen, die unseren Adolph entlasten. Und wer ist jetzt unser Täter?" Bielfeld schaute fragend seine Kollegin an.

Kapitel 18

Sie war unwirklich schön. Und trotzdem wirkte sie unbekümmert. Gute Laune sprühte aus ihren Augen, aber auch Ehrgeiz und Ernsthaftigkeit. Rundum ein junger, hübscher und keinesfalls absturzgefährdeter Teenager blickte die Leser von den Titelseiten der Regionalpresse an.

Nasrin hatte die Zeitung hereingeholt und legte sie vor Finn auf den Frühstückstisch:
„Ein hübsches Früchtchen, nicht?"
„Ja, die stößt man nicht von der Bettkante, aber noch sehr jung."
Nasrin blickte ihren Freund an: „Sechzehn. Zu jung? Vor allem zum Sterben."
„Das stimmt. Ansonsten ist das wohl ein weites Feld. Nabokovs Lolita war erst zwölf. Und die große Liebe des beinahe-Ministerpräsidenten von der CDU war auch noch nicht viel älter." Finn griff nach seinem iPad, wischte ein paar Mal und begann zu lesen:
„Vladimir Nabokovs Erfolgs- und Skandalroman *Lolita* ist ein vielfach missverstandenes Buch. Man hat es als bloßen pornographischen Text verurteilt oder umgekehrt als moralische Schrift angesehen. Beide Sichtweisen werden dem Roman jedoch nicht gerecht. Es geht dem Autor nicht vorrangig um die Darstellung zweifelhafter sexueller Neigungen, aber ebenso wenig lässt sich die Aussage des Buches auf irgendeine Moral reduzieren."
Finn blickte auf: „Du siehst: Die Ansichten sind verschieden. Auf jeden Fall ein spannendes Thema."
Nasrin lachte laut: „Klar, und so schön skandalträchtig. Der CDU-Politiker, Böttcher oder so ähnlich hieß der, musste von allen Ämtern zurücktreten, weil er etwas

mit einer 16-Jährigen hatte." Finn hantierte wieder an seinem iPad herum:

„Von Boetticher heißt der. Hier, ich habe gerade einen Blog erwischt. Ich lese mal vor. Mensch, das ist aber eine kleine Schrift. Oder habe ich was mit den Augen?"

„Dann musst du zum Optiker. Heinzel empfehle ich. Kompetente Leute. Und eine tolle Chefin, Birgit." „So, nun hör zu!

Feuermax: Der Chef der Nord-CDU soll eine Minderjährige geliebt haben. Wenn das bewiesen ist, sollte er sofort seinen Hut nehmen und ausgesperrt werden. Solche Typen haben in keiner Partei etwas verloren.

Marlen: bleibt die Frage - war die Frau einverstanden? Wenn ja, geht es niemanden etwas an. Manche 16-Jährige sehen älter aus und genauso benehmen sie sich auch.

Brutus: Über so was kann ich gar nicht lachen. Das bestätigt wieder einmal, was für Dreckschweine sich bei uns Politiker nennen...

Schaffer: Freunden erzählte Boetticher, er habe eine wirklich wundervolle Zeit mit dem Mädchen verlebt."

Finn klappte das iPad zu. „So geht es hin und her. Aber wir beide sind ja inzwischen alt genug, oder?" Lachend beugte sich Nasrin über den Tisch und gab Finn einen saftigen Kuss. Der sagte: „Na, Aufmerksamkeit erregt dieses Bild in den Zeitungen sicher. Das haben wir beide ja bewiesen. Hoffentlich bringt es denn auch den Erfolg, den unsere beiden Kriminalisten sich von ihm erhoffen. Hier steht: Die Leute sollen sich melden und mitteilen, wo sich Steffi während und nach dem Tanzabend aufgehalten hat."

„Ja, das ist die Suche nach den grauen Wölfen, die sind gut getarnt," schmunzelte Nasrin.

*

Am Nachmittag trafen sich Wilhelm Bielfeld und Erika Friedberg im See-Café. Sie hatten eine gute Erinnerung an dieses Lokal. War es doch quasi ihr Hauptquartier gewesen, während sie den „Feuerteufel" jagten. Nun saßen sie bei einem Kännchen Kaffee und der berühmten Eierlikör-Torte und brachten sich gegenseitig auf den aktuellen Stand der Ermittlungen im Fall Steffi. Amüsiert hörten sie zu, was ein Damenkränzchen über das auf der Seite eins der Holsteiner Zeitung abgebildete Foto Steffis zu sagen hatte.

„Da hörst du, Wilhelm. Die Meinungen sind sehr unterschiedlich. Hat eigentlich die Fotofahndung schon etwas ergeben?"

„Ich habe eben im Büro angerufen. Es gibt zahlreiche Hinweise, aber keinen einzigen echt verwertbaren. Die Steffi scheint sich zu irgendeinem Zeitpunkt von der Tanzveranstaltung verabschiedet zu haben. Seitdem war sie unsichtbar."

Kapitel 19

Walter Rook fuhr mit seinem Mercedes-Sattelzug die A 215 in Richtung Hamburg. Er hatte in Kiel am Ostufer-hafen Stückgut aufgenommen und war auf dem Weg nach Hamburg-Wilhelmsburg. Schon an der Abfahrt Kiel-West bemerkte Rook, dass die drei Becher Kaffee, die er während der Ladephase in Kiel getrunken hatte, ein dringendes menschliches Bedürfnis verursachten. Er beschloss deshalb, auf den Parkplatz Rumohr zu fahren und die dortigen Toiletten aufzusuchen. Der Park-platz war ihm als Schwulentreffpunkt bekannt, und wenn er zur Nachtzeit den Parkplatz anfuhr, um seine vorgeschriebenen Pausen einzuhalten, bemerkte er meist geschäftiges Treiben auf der Anlage. Einmal war er sogar von einem Mann angesprochen worden, der of-fenbar einen Sexualpartner für eine schnelle Nummer suchte. Walter Rook war die sexuelle Orientierung sei-ner Mitmenschen egal, so lange man ihn in Ruhe ließ.
Der Parkplatz war an diesem Nachmittag stark fre-quentiert. Ein Reisebus parkte unmittelbar vor der Toi-lettenanlage. Vor dem Häuschen hatte sich eine lange Schlange gebildet. Die Ausflügler, die offenbar zu der Busreisegruppe gehörten, warteten geduldig, bis die nächste Toilettenbox frei wurde. ‚So lange halte ich das nicht mehr aus, ich gehe ins Gebüsch` entschied sich Rook, als er die wartenden Menschen sah. Mit schnellen Schritten ging er in Richtung des Zaunes am Rande der Anlage. Der dichte Bewuchs des Gestrüpps verhinderte neugierige Blicke. Als er gerade wieder zurückwollte, bemerkte er im Unterholz des Gebüsches etwas, das wie eine Schaufensterpuppe aussah. Er schob das Astwerk zur Seite und erschrak heftig. Das war keine Puppe, das war ein toter Mensch! Dort lag ein junger Mann, höchs-tens Mitte zwanzig. Rook zog zitternd sein Handy aus

der Tasche und wählte die 110. Wenige Minuten später war eine Streife der Autobahnpolizei Neumünster vor Ort und sicherte den Fundort der Leiche.

Es dauerte etwa eine Stunde, bis die Spurensicherung eintraf und routiniert die ersten Maßnahmen einleitete. Wenig später erschienen Erika und Wilhelm auf dem Parkplatz an der A 215. Die Gerichtsmedizinerin Dr. Kunigunde Frankenstein war ebenfalls schon vor Ort. „Na, Frau Doktor, können sie schon etwas sagen?"

„Junger Mann, etwa 20 Jahre alt. Massive Gewalteinwirkung auf den Schädel. Das dürfte vermutlich auch die Todesursache sein. Er liegt noch nicht sehr lange hier. Vielleicht 48 Stunden. Ich vermute, dass der Fundort auch der Tatort sein dürfte. Liegt überall hier noch eine Menge Blut und das korrespondiert mit der Kopfplatzwunde. Näheres kann ich erst dann sagen, wenn ich den jungen Mann seziert habe. In zwei Tagen habe ich nähere Erkenntnisse, Herr Bielfeld. Und noch etwas, bevor ich es vergesse. Sollten sie weiter beabsichtigen, irgendwelche vermeintlich lustige Bemerkungen über meinen Namen zu machen, lassen sie es! Ich bin derartige Witze seit meiner Schulzeit gewohnt, ich höre da gar nicht mehr hin!"

„Ja, tut mir Leid, Frau Doktor. Wird nicht wieder vorkommen. Ich hoffe, wir arbeiten trotzdem weiter vertrauensvoll zusammen. Ich melde mich dann in zwei Tagen bei ihnen. Vielleicht haben wir dann die Identität des jungen Mannes herausbekommen. Einen schönen Tag noch."

Wilhelm war der Anpfiff der Gerichtsmedizinerin schon ein wenig peinlich. Er nahm sich vor, weitere Bemerkungen wegen des Namens von Frau Dr. Kunigunde Frankenstein künftig zu unterlassen. Erika hatte inzwischen mit den Kollegen der Spurensicherung gesprochen. Der Tote hatte keine Ausweispapiere bei sich.

Allerdings hatten die Kollegen ein Handy sicherge-
stellt, das der junge Mann in seiner rechten Hosentasche
trug. Die Daten sollten in den nächsten Stunden ausge-
wertet werden. Die Spurensicherung war sehr hoff-
nungsvoll, auf diesem Weg die Identität des Toten klären zu können. Ansonsten war die Spurenlage eher be-
scheiden. Sowohl im näheren Fundortbereich, als auch
auf dem Parkplatz ergaben sich auf den ersten Blick
keine Spuren, die dem Tatgeschehen zuzuordnen waren. Erschwerend kam hinzu, dass es am Vortag einen
Sandsturm gegeben hatte. Die ausgeprägte und unge-
wöhnliche Frühjahrshitze hatte den Sand der umliegen-
den Äcker auch über den Parkplatz und die Autobahn
geweht. Dieser Umstand erleichterte der Spurensicherung ihre Arbeit nicht. Bis auf Walter Rook, der den Toten gefunden hatte, konnten keine Zeugen auf dem
Parkplatz ermittelt werden.

Erika und Wilhelm mussten auf die Handyauswertung
warten, um weitere Ermittlungsansätze zu bekommen.

Kapitel 20

„Peng, die Seifenblase ist geplatzt. Wilhelm, da haben wir auf das falsche Pferd gesetzt. Der Blaublütige ist in der Tat in diesem Fall unschuldig. Wäre ja auch zu einfach gewesen. Was nun?"

„So wie wir es gelernt haben Erika, alles wieder von vorn. Auf Kommissar Zufall können wir nicht warten. Wenn ich nur einen Ansatz eines Motivs erkennen könnte, es muss eins geben. Da geht ein Pärchen in ein kleines Waldstück, um ungestört einvernehmlich Sex zu haben, die Gerichtsmedizin hat dies bestätigt. Der Mann wird doch mit Sicherheit keinen Stein mit sich herumgetragen haben, das wäre ja verrückt. Das wäre Vorsatz. Das schließe ich in diesem Fall aus. Oder wie siehst du das, Erika?"

„Wir müssen alles neu beleuchten, das wird arbeitsreich. Und nun noch der neue Fall von der Autobahn, über mangelnde Arbeit können wir uns momentan wahrlich nicht beklagen."

„Du hast Recht, ich sehe nunmehr im Fall Steffi auch keinen Anhaltspunkt für eine heiße Spur, nicht einmal eine lauwarme. Es ist aus meiner Sicht ebenfalls kein kalt geplantes Verbrechen. Aber Steffi ist brutal mit einem Stein erschlagen worden. Das ist Fakt. Zudem noch mit nur einem einzigen Schlag getötet, der Täter muss ein kräftiger Mann sein."

„Nichts auf dieser Welt geschieht grundlos, selbst ein Unfall hat immer eine Ursache. Es gibt dennoch genug Auslöser für eine solche brutale Tat. Die sind aber schwer zu greifen und geschehen meist aus dem Affekt heraus. Für einen Ermittler oft erst zu erkennen, wenn der Täter gefasst ist. Aber soweit sind wir scheinbar noch lange nicht. Leider."

„Woran denkst du, Erika?"

„Na, zum Beispiel an Drogen, Alkohol, Eifersucht, verkannte Liebe; da gibt es so einiges."

„Wir brauchen unbedingt etwas Greifbares, die Zeit arbeitet gegen uns. Sollten wir einen Schritt weiter in die Öffentlichkeit gehen? Der Presseaufruf war ein Schuss in den Ofen."

„Du meinst doch nicht etwa ‚Aktenzeichen-XY ungelöst'?"

„Ich habe zwar keinerlei Erfahrung mit dieser Sendung, aber warum eigentlich nicht? Hilfe von außen einholen, ist schließlich keine Bankrotterklärung. Ich werde mal mit Westendorf reden."

*

Wilhelm Bielfeld verschränkte seine Arme vor der Brust und sah Erika Friedberg an.

„Wenn der Wolf tötet ist das Motiv eindeutig: Hunger. Nur eines ist mir nicht klar, warum reißt er mitunter mehrere Tiere? Er wäre sicher mit einer Schafsmahlzeit mehr als satt. Warum ein Massenmord?"

„Darüber habe ich mir auch Gedanken gemacht. Ich habe da so eine Theorie entwickelt."

„Da bin ich aber gespannt Frau Wolfsexpertin."

„Ich vergleiche den Wolf einmal mit dir."

„Oh, vielen Dank. Du siehst in mir das wilde Raubtier."

„Das eher nicht, lieber Kollege. Aber stell dir einmal folgende Situation vor. Nach einem ausgiebigen Studium der Speisekarte im Restaurant Belgrad, entscheidest du dich für den Jumbo-Grillteller. Du bestellst nur einen für dich, weil du weißt, dass du nach dem Verzehr mehr als satt sein wirst. Der Wolf weiß dies hingegen nicht, er geht auf Nummer sicher."

„Grandios Erika. Wir sehen demnächst den Huber, dem sollten wir deine Theorie einmal vorstellen. Mein Schwager Karl-Josef zeigt hin und wieder auch so ein Wolfsgebaren."

*

Es klopfte zaghaft an die Bürotür. „Herein!", riefen die Kommissare zugleich. Die Praktikantin Kowalsky betrat den Raum, sie wirkte sehr aufgeregt. In ihrer linken Hand hielt sie ein Blatt Papier. Bielfeld ergriff das Wort: „Paula, nehmen sie doch bitte Platz", er deutete auf den Besucherstuhl. „Haben sie wichtige Neuigkeiten dabei?"

„Vielen Dank, aber ich stehe lieber. Sehr wichtige Neuigkeiten würde ich sogar sagen. Soeben ist eine E-Mail von der Gerichtsmedizin aus Kiel eingegangen. Eine vorläufige Zusammenfassung des Obduktionsberichtes im Tötungsdelikt ‚Rastplatz'."

Paula Kowalsky trat von einem Bein auf das andere. „Darf ich vorlesen?"

„Bitte, sie haben uns neugierig gemacht, wir sind sehr gespannt", erwiderte Erika.

„Der Text: Es wurde festgestellt, dass der junge Mann durch stumpfe Gewalt auf den Hinterkopf getötet worden ist. Womöglich durch nur einen kräftigen Schlag mit einem Stein. Ebenfalls konnte festgestellt werden, dass er kurz vor seiner Tötung ungeschützten Geschlechtsverkehr hatte, es wurden Spermaspuren im Enddarm gefunden."

Wilhelm Bielfeld setzte sich kerzengrade in seinem wackeligen Bürostuhl auf: „Donnerwetter, das sind wahrlich Neuigkeiten. Gibt es da Parallelen zum Fall Steffi? Aber entschuldigen sie Paula, ich habe sie unterbrochen. Gibt es noch etwas Wichtiges?"

„Das kann man wohl sagen. Das Beste zum Schluss, wie es so schön heißt: Halten sie sich fest! Der DNA-Test hat ergeben, der Sexualpartner des Toten ist identisch mit dem von Steffi Brockmann."

Die beiden Ermittler sagten lange kein Wort. Der Kommissar brach das Schweigen.

„Es gibt viel zu tun: Die Identität des Toten muss so schnell wie möglich festgestellt werden. Ich kümmere mich. Das weitere Umfeld um den Leichenfund auf dem Parkplatz muss nochmals gründlich nach der vermeintlichen Tatwaffe abgesucht werden. Erika, du kümmerst dich. Wir brauchen so schnell wie möglich ein Foto vom Gesicht des Toten. Frau Kowalsky, sie kümmern sich."

Kapitel 21

Die Füße der Männer steckten in farbigen Plastikschüsseln mit warmem Wasser. Sie saßen in einer Runde auf Stühlen mit geraden Rückenlehnen in dem großen, hohen Raum.

„De kriegt ja nich mol so en Wolf doot. Nee, dor liggt keen Segen op düt Jameika. Dat kann nich good gahn… Mensch, Annika, nu kettel mi nich so, dat weest du doch …"

Die Fußpflegerin stellte das leise surrende Fräsegerät ab. „Sie sind erlöst. Noch eine kleine Massage, und sie laufen wie auf Wolken," lächelte sie ihren Patienten an. „Was weißt du? Mehr, als die Gazetten melden? Erzähl doch!"

‚Double your time!' Unter diesem Motto trafen sich die fünf Männer einmal im Monat zur gemeinsamen Fußpflege. Man redete, brachte sich gegenseitig auf den neuesten Stand der Dinge und tat gleichzeitig etwas für seine Gesundheit.

„Moment. Vielen Dank, Anni", sagte der Angesprochene. Als Landtagsabgeordneter, dem gute Aufstiegsprognosen gemacht wurden, war er in politischen Fragen der erste Ansprechpartner. Der Abgeordnete streifte seine Socken über:

„Na, langt ju dat, nich? Dat knippt jo an alle Ecken. In de Kieler Niegste steiht jo all en Liste."

„Ja, habe ich gelesen. Eine ganze Seite nur Streitthemen."

Die Fußpflegerin hatte sich ihrem nächsten Patienten zugewandt. Die Nagelschere knackte hörbar.

„Avers dat mit den Wolf geiht doch op keene Kohhuut. Dor denkt wi, de Saak ist regelt - un denn dat…. Avers uns niege Minister hett sachts blots Vegetarier op de Jagd na den Wolf schickt."

„Vegetarier, wieso das?"
„Weet ji dat nich, wat Vegetarier bi de Indianer heet?
,Slechte Jäger' heet dat!"
Die Männer lachten.

„Avers lang laat wie uns nich mehr op de Nees rümdanzen. Dat Fatt ist vull. En Drüppen, un dat kann över loopen."
„Aber dir kann ja nichts passieren. Dein Wahlkreis ist doch bombensicher!"
„Dat will ich meenen. Ik kann dat Muul vull nehmen. Avers nu Adschüss. Ik mutt. De Plicht…"
Er verließ die Runde, die munter weiter spekulierte und sich dem örtlichen Klatsch zuwandte.

Kapitel 22

„Erika, unsere Kollegen von der Technik haben gute und schnelle Arbeit geleistet! Die Auswertung der Handydaten unseres Rastplatztoten haben recht genaue Informationen über seine Identität geliefert." Bielfeld schaute zufrieden seine Kollegin an. „Erzähl Wilhelm. Mit wem haben wir es hier zu tun?" „Der arme Mensch heißt oder hieß Ludolf Lindenthal. Seine Eltern sind in seinem Handy-Display unter einer 04322 Nummer geschlüsselt, wohnen also hier im Amt Bordesholm." „Und wer ruft die jetzt an?" „Immer diejenige, die fragt, Erika!"

*

Es war eines der Gespräche, die wohl jeder Mensch hasst und nie vergessen wird. Die Eltern von Ludolf, Joseph und Hedwig Lindenthal, hatten ihren Sohn noch gar nicht vermisst. Sie wähnten ihn auf einem politischen Seminar in Kiel. Auf die Todesnachricht reagierten die beiden, nicht wie Eltern in ähnlichen Fällen mit Heulen und Schreien, sondern mit einer Ruhe und Abgeklärtheit, die unsere beiden Kripobeamten eher verstörte als beruhigte. Sie hatten am Telefon ihre sofortige Fahrt zum Bauernhof der Lindenthals angekündigt.

*

Bei deren Gebäuden handelte es sich um einen stark heruntergekommenen Resthof. Direkt neben dem Wohnhaus mit dem löcherigen Blechdach befand sich ein großer Haufen Schrott: Rostige Ackergeräte, verbogene Fenster- und Türzargen, alte Autoreifen und eine verbeulte Badewanne türmten sich meterhoch. Ein alter, schrottreifer MAN-Trecker stand mit platten Reifen verloren auf der Hoffläche, einige Meter neben ihm dampfte ein mittelgroßer Misthaufen.

„Na, typisch polnische Wirtschaft!" brummelte Wilhelm Bielfeld vor sich hin.

„Was sich da wohl im Stall verbirgt?" Sorgenvoll schaute Erika Friedberg auf das Nebengebäude, das allerdings mit stabilen, relativ neu aussehenden Metalltoren versehen war.

Bevor Bielfeld und Friedberg an der Haustür klopfen konnten, wurde diese von innen geöffnet. Ein älteres, verhärmt aussehendes Paar trat ihnen entgegen. Der Mann war in typisches Bauern-Oliv gekleidet, die Frau trug eine ausgeblichene, verbeulte Jeans und eine ausgewaschene Kittelschürze. Die Gesichter waren von tiefen Falten und Furchen durchzogen, die Frau hatte eine eisgraue Dutt-Frisur; der Mann eine schmutzig-graue Brackelmann-Mütze auf dem Kopf.

„Friedberg, von der Kripo Kiel. Wir hatten miteinander telefoniert. Das ist mein Kollege Bielfeld." Beide Polizisten zeigten unaufgefordert ihre Dienstausweise.

„Es geht um ihren Sohn Ludolf. Es besteht der begründete Verdacht, dass er durch eine Straftat ums Leben gekommen ist. Dürfen wir hereinkommen?"

Die Lindenthals führten die Kriminalbeamten durch den Flur in die Wohnküche. Erika Friedberg als Mieterin einer kleinen aber ordentlich eingerichteten 3-Zimmer-Wohnung fiel fast vom Glauben ab: ‚Wozu braucht man drei riesige Kühlschränke?'

Während ihr Kollege Bielfeld kurz die Situation vom Rastplatz schilderte, blickte sich Erika Friedberg aufmerksam, man kann auch sagen fasziniert-neugierig, in der großen Wohnküche um: Mannsgroße Vorratsschränke, durch deren Glasscheiben Erika Unmengen von haltbaren Lebensmitteln wie Nudel- und Reispackungen sowie Konserven erkennen konnte. Durch die offen stehende Tür zu einem Nebenraum erblickte sie unzählige, hohe Stapel von Selter-, Saft- und Bierkisten.

„Ja, Frau Kommissarin." Frau Lindenthal riss Erika aus ihrer Gedankenwelt. „Wir rechnen immer mit dem Schlimmsten. Wir glauben, dass irgendwann, wahrscheinlich sogar sehr bald, die Versorgungslage in Deutschland in einer schlimmen Katastrophe enden wird. Aber wir haben zum Glück ausreichend vorgesorgt!"

„Ich zeige ihnen, natürlich nur wenn es sie interessiert, unsere sonstigen Vorkehrungen." Joseph Lindenthal schaute fast stolz aus seinen alten Augen.

„Gerne, Herr Lindenthal. Aber vorher möchte ich ihnen die Telefonnummer der Gerichtsmedizin in Kiel geben. Sie werden leider um eine Identifizierung ihres Sohnes nicht herumkommen. Bitte rufen sie hier wegen eines Termins an." Bielfeld drückte Herrn Lindenthal eine Visitenkarte seiner Lieblingsgerichtsmedizinerin Frau Dr. Kunigunde Frankenstein in die Hand.

„Wollen wir jetzt gehen?" Erwartungsvoll führte Joseph Lindenthal die beiden Polizisten zur Tür.

*

Neben einigen mageren Kühen, vier allerdings fetten Schweinen und drei meckernden Ziegen befanden sich Riesenvorräte von Stroh- und Heuballen sowie etliche Diesel- und Ölkanister in dem modrig riechenden Stallgebäude. Außerdem ein Notstromaggregat und einige Dutzend Feuerwehrschläuche.

„Wozu das Alles?" Erika Friedberg kam aus dem Staunen nicht heraus.

„Wir befürchten, dass Islamisten unseren deutschen Staat besetzen werden und dass unsere Polizei und Bundeswehr weder die Absicht noch die Mittel haben, um die deutsche Bevölkerung zu schützen. Wir haben einen Wasserbrunnen im Garten, könnten aber zusätzlich eine Wasserversorgung zum nächsten Bach aufbauen. Und Maßnahmen zur Verteidigung habe ich als Jäger auch schon geplant. Die stehen legal im verschlossenen Waffenschrank!" Joseph Lindenthal schien den Besuchsgrund der Polizisten völlig verdrängt zu haben. „Sind sie politisch organisiert? Sie sprachen von einer entsprechenden Seminarteilnahme ihres Sohnes."

„Meine Frau und ich nicht. Aber Ludolf hat sich in den letzten Wochen sehr aktiv bei den Kameraden von ‚Wir sind die Deutschen' engagiert. Er hat Wahlplakate geklebt und deren Kandidaten bei den Wahlkampfauftritten geschützt. Er war ja von stattlicher Figur, die jedem Gegner gleich Respekt eingeflößt hat."

*

Auf der Fahrt nach Kiel unterbrach Wilhelm Bielfeld nach kurzer Zeit das Schweigen im Auto.

„Das sind sogenannte Prepper. Ursprünglich glaubten die, dass im Jahre 2036 der Asteroid Apophis auf der Erde einschlagen könnte. Um für den daraus resultierenden Zusammenbruch der Zivilisation gerüstet zu sein, legen sie entsprechende Vorratslager an; neben Lebensmitteln auch Waffen. Inzwischen richtet sich ihre Angst aber eher gegen vermeintliche politische Gefahren."

„Woher weißt du das Alles? Ich kenne von meinen Eltern aus den 60er Jahren die ‚Aktion Eichhörnchen'. Aber die haben damals keine Gewehre in der Speisekammer aufbewahrt!"

„Du solltest auch den Spiegel und nicht nur die Goldenen Blätter lesen, meine Liebe."

Kapitel 23

Klaus Beckmann setzte die Ellenbogen ein. Wenn man gute Bilder haben wollte, durfte man nicht zimperlich sein. Einen so großen Auflauf hatte es in der Landespolitik lange nicht gegeben. Höchstens damals, zu den guten Zeiten der Barschel-Affäre oder der misslungenen Wiederwahl von Heide Simonis. Aber auch jetzt war der Raum der Landespressekonferenz ziemlich voll, und die Presse-Fotografen drängten um die besten Plätze für sich und ihre Kameras mit den langen Objektiven. Die Journalisten waren gespannt. Niemand wusste, was die Spitzenleute dieser neuen Partei Wichtiges zu verkünden hatten. Der Vorsitzende der Landespressekonferenz läutete und das Gemurmel erstarb. Ohne weitere Vorrede erteilte der Hausherr dem Vorsitzenden der Partei „Wir sind die Deutschen" Kurt Georg Fleckenheim das Wort. Neben Fleckenheim saß Adolph von der Groeben.

Beide strahlten eine wissende Gelassenheit aus. „Meine Damen und Herren", richtete der Landesvorsitzende der Partei „Wir sind die Deutschen" das Wort an die Journalisten, „wir sehen uns gezwungen, auf die fragile Situation, in der sich unsere Landesregierung befindet, zu reagieren. Was sage ich fragil? Jamaika in Kiel ist schrottreif. Und deshalb müssen wir für alle Möglichkeiten gewappnet sein. Weil Transparenz eines unserer wichtigsten Prinzipien ist, lassen wir die Bürger an dieser Änderung frühestmöglich teilhaben." Der WSDD-Landesvorsitzende blickte in die Runde und sah in erwartungsvolle Gesichter. „Wir stellen unsere Mannschaft um. Ich, Kurt Georg Fleckenheim, werde mich nicht um das Amt des Ministerpräsidenten bewerben. Ich bleibe Landesvorsitzender und strebe das Amt des Innenministers an. Unser Spitzenkandidat und Ministerpräsident soll der allseits anerkannte und geschätzte Adolph von der Groeben werden." Die Objektive schwenkten von dem Landesvorsitzenden zu Adolph von der Groeben. Unter ununterbrochenem Klicken flammte ein Blitzlichtgewitter auf. Einige Journalisten verließen den Raum. Auch Klaus Beckmann wusste genug, und Fotos von dem jungen von der Groeben hatte er im Kasten. Jetzt galt es, schneller zu sein als andere, um die Fotos an die Redaktionen loszuwerden. Im Saal bemühte sich Adolph von der Groeben, Grundzüge seiner Politik zu skizzieren. Aber das interessierte kaum jemanden. Die Meldung war raus, der Saal leerte sich. „Eine undisziplinierte Bande! Aber die kriegen wir auch noch auf Vordermann!", stieß Kurt Georg Fleckenheim hervor.

Kapitel 24

„Mom, kommt ihr am Samstag zu unserer Einwei-
hungsparty? Ohne die Hilfe von Wilhelm und dir hätten Nasrin und ich unsere Wohnung in der kurzen Zeit
niemals fertig bekommen. Ich habe gar nicht gewusst,
dass Wilhelm so gut tapezieren kann. Du hast deinen
Kollegen aber auch prima unterstützt. So, wie du die
Tapeten eingekleistert hast, halten sie bestimmt noch an
den Wänden, wenn das alte Haus längst eingestürzt ist.
Wir sind euch echt dankbar für die tolle Hilfe!"
„Ich werde Wilhelm fragen, ob er am Samstag Zeit und
Lust hat. Wie ich es einschätze, sind wir wohl die einzigen Vertreter unserer Generation auf der Party, oder?"
„Ja, das ist wohl so. Ansonsten haben wir Freunde und
Bekannte eingeladen. Die sind alle deutlich jünger als
ihr. Aber ihr seid ja in euren Herzen und Gedanken jung
geblieben. Das passt schon!"
Erikas Gefühle waren zwiespältig. Einerseits freute sie
sich mit ihrem Sohn Finn über seine erste eigene Wohnung, die er letzte Woche mit seiner Freundin Nasrin in
Kiel-Gaarden bezogen hatte. Anderseits musste sie sich
immer noch an den Gedanken gewöhnen, dass ihr Kind
nun ausgezogen war und ein eigenes Leben führte. Das
sind Momente, die viele Mütter aus eigenem Erleben
kennen. Finn hatte vor einem Monat mit seiner Ausbildung zum Notfallsanitäter begonnen und Nasrin war
seit kurzer Zeit Lernschwester an der Uni-Klinik in Kiel.
Irgendwie begann für alle nun ein neuer Lebensab-
schnitt.

*

Am Samstagabend standen Wilhelm und Erika pünktlich um 20.00 Uhr vor der Tür der Dachgeschosswoh-
nung in Kiel-Gaarden. Wilhelm war noch ein wenig außer Atem wegen der vielen Stufen, die bis in den dritten

Stock zu bewältigen waren. Sie hatten einen Gutschein vom Baumarkt mitgebracht, dazu Brot und Salz als Glücksbringer. Wilhelm hatte einen großen Blumenstrauß in der Hand. In einem Rucksack, den er auf dem Rücken trug, hatten sie vorsorglich für sich zwei Flaschen Spätburgunder eingepackt. Aus der Wohnung drang Musik und lautes Stimmengewirr.

„Herzlich Willkommen und schön, dass ihr gekommen seid", begrüßten Nasrin und Finn sie herzlich mit einer Umarmung. Die Wohnung, ein typischer Gaardener Altbau mit der Toilette auf halber Treppe, war voll mit jungen Menschen. Alle schienen sich gut zu amüsieren. Sie nahmen kaum Notiz von den neuen Gästen. Einige der jungen Leute waren Erika und Wilhelm bekannt, weil sie beim Umzug geholfen hatten.

Im Verlauf des Abends wurde der Lärmpegel immer höher. Dies lag einerseits an der lauter gestellten Discomusik und andererseits aber auch am Alkoholkonsum der Gäste. Es war nur eine Frage der Zeit, wann die Polizisten des zuständigen 4. Polizeireviers erstmalig um Ruhe bitten würden. Erika und Wilhelm beschlossen, sich mit einer Flasche Spätburgunder auf den kleinen Balkon zurückzuziehen, der sich unmittelbar an die Küche anschloss.

Es war eine klare Nacht und die Sterne funkelten hell am Himmel. Vom Balkon aus war die Kieler Hörn zu sehen und die Lichter der Innenstadt leuchteten aus der Ferne. Nach dem zweiten Glas Rotwein rückte Wilhelm etwas näher an seine Kollegin heran, als zwei junge Mädchen die Küche betraten. Erika kannte sie, sie gehörten zu Nasrins Freundinnenkreis. Es waren Laura und Lisa. Das Gespräch zwischen ihnen war durch die dünne Balkontür ohne Einschränkung zu hören.

„Ich kann dir helfen, schnell zu Geld zu kommen und du musst nur wenig dafür tun." Laura redete energisch auf Lisa ein.

„Ich verdiene Geld in der Bergstraße durch das Kellnern. Am Wochenende komme ich auf zweihundert Euro. Das ist nicht schlecht." Lisa schien nicht so richtig interessiert zu sein. „Das sind nur Peanuts im Vergleich zu dem, was ich am Wochenende einnehme. Ich muss mich nicht dauernd von den jungen besoffenen Blödmännern anlabern und betatschen lassen und bis nachts um vier Uhr hinterm Tresen stehen."

„Ich gebe zu, dass mich das manchmal auch nervt. Aber ich brauche das Geld, Laura."

„Ich habe dir doch gerade gesagt, dass es außer Kellnern noch andere Möglichkeiten gibt. Hör' mir jetzt einmal genau zu: Seit ein paar Monaten bin ich bei ‚Fleckis Sugar Daddys' angestellt. Die suchen noch hübsche, junge Mädchen wie dich. Da bekommst du am Wochenende einen Anruf und triffst dich mit einem älteren Herrn. Du verwöhnst ihn ein wenig und sahnst hinterher die dicke Kohle ab. Meistens sind die Treffen im Hotel, manchmal läuft auch etwas im Auto. Aber nicht im engen Polo, sondern im richtig teuren SUV mit Standheizung. Die Typen sehen gar nicht einmal so schlecht aus. Sind eben Familienväter, die auf eine schnelle Nummer stehen. Also, wenn du dich nicht verweigerst, wird dir auch nichts verweigert und Spaß hast du auch noch dabei. Wenn du willst, kann ich etwas für dich tun!"

„Also ich weiß nicht Laura, ob das etwas für mich ist. Ich überlege es mir. Außerdem muss ich jetzt auf die Toilette. Ich sage dir nachher Bescheid", antwortete Lisa nachdenklich. Es war offensichtlich, dass sie sich diesem Gespräch entziehen wollte.

Schon während die Mädels in der Küche miteinander sprachen, wollte Wilhelm empört dazwischen gehen. Nur mit Mühe konnte Erika ihn davon abhalten. „Ich glaube, dieser Sexclub hat etwas mit unseren aktuellen Tötungsdelikten zu tun. Ich weiß noch nicht die genauen Bezüge, aber mein kriminalistischer Spürsinn sagt mir, da gibt es Zusammenhänge. Die getötete Steffi war etwa in dem Alter und wer sagt denn, dass ältere Herren nur auf junge Mädchen stehen. Ich glaube, der Tote von der Autobahn hatte ebenfalls etwas mit den Sugar Daddys zu tun. Dafür sprechen die identischen Spermaspuren. Mir ist da so ein Gedanke gekommen, Wilhelm. Ich mag ihn allerdings gar nicht so richtig aussprechen."

„Nun sag` schon, welcher Plan in deinem Kopf herumspukt. Wird schon nicht so schlimm sein."

„Wir könnten doch jemanden in den Club einschleusen. Das würde uns sicher neue Erkenntnisse bringen."

„Die Idee ist gar nicht so schlecht, Erika. Wir sollten eine geeignete Person ausfindig machen und mit ihr reden."

„Ich glaube, ich habe schon die Richtige gefunden."

Kapitel 25

„Du bist auf einmal so schweigsam Erika, du brütest doch etwas aus, ich kenne dich. Spielst du vielleicht mit dem Gedanken, dich bei diesem ,Daddy Club' zu bewerben? Ein wenig Abwechslung, ein kleines Zubrot und ein gewisser Abstand von dem tristen Dienst."

„Das nicht Wilhelm, du hast doch mitbekommen, die suchen junges Fleisch für ihren Call-Girl-Ring und nicht so eine alte Tante wie mich. Aber es geht schon in die Richtung, ich habe da eine Idee. Wir sollten uns zurückziehen Wilhelm, ich habe das Gefühl keiner wird uns vermissen. Was hältst du davon, wenn wir uns absetzen. Die kleine Kneipe hier im Erdgeschoss, in der wir unsere Pausen während der Renovierungsarbeiten verbracht haben, hat uns beiden doch gut gefallen. Da könnten wir uns in Ruhe unterhalten."

„Du meinst, wir können uns hier so einfach aus dem Staub machen, die ultimative Currywurst da unten wäre allein schon einen Besuch wert. Mir geht seit unserem Besuch bei den Lindenthals auch ständig etwas im Kopf herum. Darüber möchte ich gern mit dir reden. Es ist noch nicht spät, ein guter Einfall von dir. Im Übrigen, die alte Tante habe ich in dir noch nicht entdecken können, und das in keinerlei Hinsicht."

„Vielen Dank, Wilhelm. Schlängel dich schon mal zur Tür, ich werde uns beide entschuldigen. Dienstgeschäfte oder irgend so etwas, mir wird da etwas einfallen."

Es hatte sich kein bisschen abgekühlt, die klare, ungewöhnlich warme Maienluft der letzten Tage schlug ihnen entgegen. Der Wirt hatte zwei kleine Tischchen auf dem breiten Fußweg vor seiner Kneipe aufgestellt. Einer war soeben frei geworden.

„Den nehmen wir, Wilhelm. Es ist ein herrlicher Abend, lass uns draußen sitzen. Eine schöne Ecke in Gaarden haben sich die zwei ausgesucht. Hätte ich früher gar nicht von diesem Stadtteil erwartet."

„Der Rotwein da oben war recht ansprechend, aber jetzt steht mir der Sinn nach einem frisch Gezapften, wie sieht es bei dir aus Erika?"

„Mir geht es ebenso." Wie auf Kommando stand der Wirt Carlo neben ihnen und nahm ihre Bestellung auf.

„Hast du schon gehört Wilhelm, der Wolf bei uns hat Gesellschaft bekommen."

„Sieh an, hat jemand ein Känguru durch den Segeberger Forst hoppeln gesehen?"

„Quatsch, aber der Schakal soll sich in unseren Gefilden recht wohl fühlen."

„Der könnte dem Wolf den Garaus machen. Der Schakal jagt im Rudel, selbst Löwen haben da keine Chance. Hab ich Sonntag im Fernsehen gesehen."

„Ich habe die Sendung auch gesehen, es waren aber keine Schakale, das waren Hyänen."

„Na gut. Warten wir noch ein Weilchen ab, diese Räuber werden sicher auch bald hier auftauchen."

„Schluss jetzt damit, Erika. Du hattest eine Idee, einen Plan. Da geht es bestimmt nicht um irgendwelche tierischen Zuwanderer."

Carlo hatte die zwei großen Biere gebracht und auf dem Tisch abgestellt. Wilhelm schaute auf die bernsteinfarbene Flüssigkeit, die von einer weißen Schaumkrone bedeckt war. Im Glas stiegen kleine Perlen auf und außen beschlug das Glas, es bildeten sich kleine Rinnsale.

„Hörst du mir überhaupt zu?"

„Aber ja doch Erika. Leg los, ich versuche dich nicht zu unterbrechen."

„Es geht um unsere beiden Mordopfer, du hast das Gespräch, das aus der Küche kam, mitbekommen. Nicht

Ohne das Ganze! Wir sollten jemanden in den Club einschleusen."
Wilhelm wollte gerade seinen ersten großen Schluck nehmen. Abrupt stellte er sein Glas wieder vor sich ab. „Ich soll als lüsterner Daddy dort infiltrieren? Erika, das ist doch wohl nicht dein Ernst. Solche Methoden wenden die Ermittler allenfalls bei 'Polizeiruf 110' im Fernsehen an. Nur in absolut oberwichtigen Fällen werden dafür besonders geschulte Spezialkräfte eingesetzt. Westendorf wird uns deine Idee um die Ohren hauen. Und denke ja nicht dabei an Paula Kowalsky!"
„Reg' dich nicht auf Wilhelm. Ich will nur an ein paar Namen herankommen, mehr nicht. Alles soll recht oberflächlich ablaufen. Du fällst sowieso aus, bist einigen im dortigen Kreis bekannt. Ich dachte an Nasrin."
Wilhelm stieß vor Schrecken sein Glas um. Das schöne Bier bildete auf dem Kneipentisch eine gelbe Pfütze. „Erika! Das ist nicht dein Ernst. Nasrin hat keinerlei polizeiliche Ausbildung. Sie ist allenfalls deine fast Schwiegertochter. Das wird Finn niemals zulassen und ich auch nicht! Du kennst Nasrins Zuhause, das kann zu einem Familiendrama führen. Reitet dich der Teufel? Was versprichst du dir eigentlich von dieser Wahnsinnstat!?"
„Wilhelm beruhige dich bitte. Ich sagte doch, nur etwas an der Oberfläche kratzen, mehr nicht. Nasrin wird zu keinem Zeitpunkt gefährdet sein, das verspreche ich dir.
Nasrin wird sich bei Laura vorsichtig über die Modalitäten in dem Club erkundigen und versuchen ein paar Namen heranzukommen und ob es nur Mädchen sind, die dort ihre Dienste anbieten. Für unsere weiteren Ermittlungen könnte das überaus dienlich sein. Wie gesagt alles nur eine Idee, ich werde in Kürze mit Finn

und Nasrin reden und selbstverständlich alle Schritte mit dir abstimmen."

„Das wird schwer, das verspreche ich dir. Ich brauche noch ein Bier."

„Lass alles erst einmal sacken, wir reden Montag darüber. Du wolltest mir auch etwas erzählen, bitte."

„Das fällt mir nach deiner Eröffnung gar nicht so leicht. Es geht um unseren Besuch bei den Lindenthals. Ich mach mir ständig Gedanken. Ich habe die unterschiedlichsten Reaktionen beim Überbringen einer Todesnachricht erleben müssen. Zusammenbrüche, Weinkrämpfe, Wutanfälle, Apathie und vieles mehr, du kennst es Erika. Was wir jedoch bei Ludolfs Eltern erleben mussten, war einzigartig. Ich komme damit nicht klar. Beide zeigen keine Regung, gehen zum Tagesgeschäft über und preisen uns stolz ihre merkwürdigen Vorkehrungen an. Und das Schlimmste, wir trotten hinterher und schauen uns fette Säue an. Erika, wir haben als Kriminalbeamte versagt. Ließen uns einlullen, anstatt relevante Daten zu erfragen. Vielleicht waren wir geschockt von der Reaktion. Selbstverständliche Dinge haben wir nicht erfragt, zum Glück war unsere Frau Kowalsky nicht dabei. Keine Angaben zu Beruf und weiteren Tätigkeiten, außer seinen politischen Ambitionen. Freundinnen, Freunde oder Partner? Wussten die Eltern um seine Veranlagung? Liebte er sie oder ihn, oder beide. Wie sein Mörder? Wir wissen gar nichts. Erika mache bitte einen neuen Termin. Und das Fußvolk seiner ,Deutschen' sollten wir auch unter die Lupe nehmen."

*

Erika hatte das junge Paar zum Mittagessen eingeladen und dazu einen unwiderstehlichen Köder ausgeworfen: Dunkle Rouladen, noch dunklere Soße, goldgelbe

Kartoffeln und violetter Rotkohl. Zum Nachtisch sollte es selbstgemachtes Erdbeereis geben.

Das Mahl war ein voller Erfolg. Finn hatte zweimal nachgelegt. Nasrin wollte den Tisch abräumen.

„Das machen wir später, wir setzen uns erst einmal bequem in die Stube."

„Ich kenne dich Mom, und dann wirst du die Katze aus dem Sack lassen."

„Alles halb so schlimm, ich brauche ein wenig eure Hilfe, ihr werdet sehen." Erika stellte den Beiden ihren Plan vor. Finn war sämtliche Farbe aus dem Gesicht gewichen.

„Das ist doch wohl nicht dein Ernst! Da machen wir nie und nimmer mit. Ist das überhaupt statthaft? Was ist, wenn etwas passiert? Sowas nur anzudenken, Mom. Ich bin geschockt von dir und deinem teuflischen Plan."

Nasrin wirkte wesentlich ruhiger und entspannter. „Ich könnte mir das gut vorstellen. Zum einen würde ich deiner Mutter helfen können, zum anderen könnten wir ein paar Euro extra gut gebrauchen. Wenn unsere Waschmaschine auf den Schleudergang umschaltet, hört es sich an, als starte ein Hubschrauber nebenan in der Küche. Natürlich würde es strikte Grenzen für mich geben. Nur der Anflug jeglicher Zärtlichkeiten würde den sofortigen Abbruch meiner Mission bedeuten. Wehren könnte ich mich in jedem Fall, auch gegen einen kräftigen Mann. Ihr wisst, ich treibe seit einiger Zeit Sport im Wattenbeker Sportverein in der Sparte Kung-Fu. Habe sogar bereits den siebten Grad erreicht. Die letzte Prüfung hat immerhin der Quanshu-Meister Timo Tanneberger abgenommen. Fehlt nicht mehr viel zum schwarzen Gürtel."

Finn sprang auf, beide offenen Handflächen den Frauen entgegengestreckt. „Auszeit! Auszeit! Auszeit! Nasrin komme bitte mit nach nebenan, ich muss mit dir alleine reden."

Erika wurde unruhig, das Gespräch schien endlos.

Beide kamen Hand in Hand zurück ins Wohnzimmer.

Finn räusperte sich mehrfach.

„Na gut, wir machen das."

„Wieso wir?"

„Denkst du etwa, ich lasse Nasrin alleine diesen Irrsinn machen. Ich werde sie ständig im Auge behalten. Observieren, wie ihr so schön zu sagen pflegt. Das ist die Bedingung. Und nur an der Oberfläche, wie du so schön formulierst hast. An der obersten Oberfläche. Nasrin wird sich mit Laura treffen und sie über die Modalitäten dieses Clubs vorsichtig ausfragen. Danach wird sie ihr Interesse an Flecki bekunden."

Nasrin und Laura verabredeten sich zu einem Kinobesuch, sie gingen ins Cinemax. Es lief der Film: ‚Friedhof der Kuscheltiere'. Das passt ja wie die Faust aufs Auge, dachte Nasrin.

Der Film hatte beide sehr berührt, war aber Gott sei Dank mit Happy End. Sie machten sich auf den Weg in die Bergstraße: in eine kleine Cocktailbar auf einen 'Roten Stier' mit viel Eis.

Nasrin tastete sich vor: „Du Laura, ich hätte schon Lust, eurem Club beizutreten, würde aber noch gerne etwas mehr erfahren zu Abläufen, Personen, Namen, Vorlieben und vieles mehr."

„Kein Problem, da habe ich den goldrichtigen Mann für dich. Einen sehr guten Bekannten von mir, Adolph von der Groeben. Du triffst ihn auf dem Reiterhof seiner Frau. Schau, ich habe sogar eine Visitenkarte dabei."

Ein erfolgreicher Abend, dachte Nasrin stolz. Das weitere Vorgehen würde sie jetzt mit Erika und Wilhelm abstimmen. Und natürlich auch mit Finn.

Kapitel 26

Wilhelm und Erika waren gerade von der Mittagspause in ihr Büro in der Blume zurückgekehrt, als das Telefon klingelte.

„Hier ist Anette Rehbein. Der Chef bittet euch um 14.00 Uhr in sein Büro. Ich glaube, es geht um eure aktuellen Ermittlungen. Der Alte ist ziemlich angefressen. Hier klingelt dauernd das Telefon wegen des toten Mädchens im Wald und wegen der Rastplatzleiche. Ich bin jetzt seit 15 Jahren im Vorzimmer. So eine angespannte Stimmung habe ich hier noch nicht erlebt."

„Alles klar, Rehbeinchen. Wir sind pünktlich. Wir haben schon in der Frühbesprechung gemerkt, wie der Alte unter Druck steht. Aber uns geht es ja nicht anders. Auch langgedienten Kriminalbeamten geht es unter die Haut, wenn junge Menschen auf diese Weise ums Leben kommen."

Anette Rehbein war die Vorzimmerdame des Kommissariats-Leiters. Sie war so etwas wie die gute Seele der Dienststelle. Sie hatte für alle ein offenes Ohr und war dennoch verschwiegen, wenn es um vertrauliche Angelegenheiten ging. Die Sekretärin genoss große Anerkennung bei den Kolleginnen und Kollegen und war unverzichtbar für den Chef, Kriminalrat Vollertsen.

Peter Vollertsen war erst mit 40 Jahren aus dem gehobenen in den höheren Dienst aufgestiegen. Er war von untersetzter Gestalt. Sein Haar war schon angegraut und ein Vollbart verdeckte seine Gesichtskonturen. Vollertsen war lange Ermittler in der Mordkommission in Lübeck, bevor er sich für den beruflichen Aufstieg entschied. Zwei lange Jahre dauerte das Studium zum Kriminalrat, das er an der Deutschen Hochschule für Polizei in Münster-Hiltrup mit einem Diplom abschloss. Seit zwei Jahren leitete Vollertsen nun in seiner ersten Verwendung im höheren Dienst das Kommissariat. Die Mitarbeiterinnen und Mitarbeiter schätzten ihn wegen der fachlichen Kompetenz, seiner Menschlichkeit im Umgang, aber auch wegen seines feinsinnigen Humors, der gelegentlich spürbar wurde.

Wilhelm und Erika hatten die Ermittlungsakten dabei, als sie das Vorzimmer am Ende des Flures im zweiten Stock der Blume betraten. Anette Rehbein stand sofort von ihrem Stuhl auf und kam um ihren Schreibtisch herum. Es wurde deutlich, dass sie den beiden Besuchern etwas Vertrauliches mitteilen wollte. „Der Direktionsleiter ist beim Chef im Büro und er hat seinen Stabsleiter mitgebracht. Ich glaube, da ist richtig Druck im Kessel."

„Alles klar, Rehbeinchen. Die werden uns den Kopf schon nicht abreißen!"

Der Direktionsleiter war als ,Leitender Polizeidirektor' verantwortlich für den Bereich der Schutz- und Kriminalpolizei in Kiel und Umland. Als Schutzpolizist trug er Uniform mit vier goldenen Sternen als Dienstgradabzeichen. Er war zuständig für fast 1000 Mitarbeiterinnen und Mitarbeiter und zugleich Ansprechpartner für das Landespolizei- und das Landeskriminalamt sowie für die ministerielle Ebene. Richard Lohmeyer, ein Mann von großer und schlanker Gestalt, war seit sieben Jahren Direktionsleiter. Er stand mit seinen 59 Jahren kurz vor der Pensionsgrenze. Die Tätigkeit als Behördenleiter nahm er mit einer großen Souveränität wahr. Er hatte den Polizeiberuf von der Pike auf gelernt. Der heutige Polizeidirektor war zunächst Streifenbeamter auf einem Polizeirevier in Kiel, später leitete er jahrelang eine ländliche Polizeistation, bevor er das Studium in Münster-Hiltrup absolvierte. Nach dem Aufstieg hatte er über ein Jahrzehnt in der Polizeiabteilung des Innenministeriums gearbeitet. Zunächst als Referent, später als Referatsleiter. Insofern kannte er neben der Polizeiarbeit auch die politischen Sichtweisen mit allen ihren Facetten. Lohmeyer war auf allen Ebenen anerkannt. Bei den Polizistinnen und Polizisten nicht zuletzt deshalb, weil er ihre Sorgen und Nöte aus eigenem Erleben kannte und auch ihre Sprache sprach. Sie hatten Vertrauen zu ihm und seinen Fähigkeiten.

Wilhelm und Erika kannten ihn aus Dienstversammlungen, aber auch aus persönlichen Begegnungen. Lohmeyer suchte gelegentlich die Dienststellen auf, um – wie er es nannte – Basisluft zu schnuppern, Sorgen und Nöte der Mitarbeiterschaft ungefiltert zu hören und wenn möglich, Missstände abzustellen. Letzteres gelang ihm in aller Regel.

Sein Stabsleiter Volker Borke, ein Polizeioberrat, war nicht so beliebt. Er galt als karriereorientiert. Er war erst spät, nach seiner Bundeswehrlaufbahn, zur Polizei gekommen. Ihm fehlten der ,Stallgeruch' und das Netzwerk innerhalb der Landespolizei. Mit seinem autoritären Führungsstil erwarb er sich keinerlei Respekt. Trotz unbestritten hoher Intelligenz war er für selbständige Leitungsaufgaben weder prädestiniert noch durch das Landespolizeiamt vorgesehen. Borke hatte dies allerdings nicht erkannt und versuchte weiterhin, durch forsches Auftreten seine Mängel zu kompensieren. Ihm waren Wilhelm und Erika nur im Rahmen von großen Dienstversammlungen begegnet. Sie fanden bei diesen Veranstaltungen alle Vorurteile in der Kollegenschaft zur Person des Oberrats Borke bestätigt.

Frau Rehbein klopfte an die Tür. „Frau Friedberg und Herr Bielfeld sind jetzt da", kündigte sie die Ermittler an. Erika und Wilhelm betraten das Büro und wurden freundlich vom Direktionsleiter begrüßt.

„Nun bekommen sie bloß keinen Schrecken wegen der hochrangigen Delegation. Wir würden uns gern einmal nach dem Stand der Ermittlungen bei den aktuellen Tötungsdelikten erkundigen. Herr Vollertsen hat uns schon ein wenig ins Bild gesetzt, aber sie sind natürlich näher am Geschehen. Nehmen sie doch erst einmal Platz." Erika und Wilhelm setzen sich an den Tisch, der in der Mitte des Raumes stand und um den herum fünf Stühle postiert waren. Kriminalrat Vollertsen wirkte ein wenig nervös. So häufig kam es nicht vor, dass der Direktionsleiter bei ihm zu Gast war. Umständlich füllte Vollertsen die Kaffeetassen seiner Ermittler. Polizeidirektor Lohmeyer eröffnete das Gespräch.

„Liebe Kollegin, lieber Kollege, ich möchte nicht verhehlen, dass wir alle, die wir hier sitzen, etwas unter Druck sind. Täglich wird in der Landespresse über die beiden Tötungsdelikte berichtet, die sie in der operativen Ebene bearbeiten. Die öffentliche Wahrnehmung bleibt natürlich auch im hohen Hause im Düsternbrooker Weg nicht verborgen. Der Herr Staatssekretär hat mich heute Morgen im Auftrage des Ministers angerufen und nach dem Stand der Ermittlungen gefragt. Vermutlich wird sich der Innen- und Rechtsausschuss des Landtages mit den Vorgängen befassen. Ich bin hier, um mich über den aktuellen Stand der Ermittlungen zu erkundigen und mit ihnen darüber zu sprechen, wie die Direktionsleitung in Zukunft über weitere Entwicklungen zeitnah informiert werden kann."

„Ich verlange, dass sie mir täglich morgens um 08.00 Uhr Bericht erstatten. Zunächst telefonisch und bis 10.00 Uhr schriftlich", meldete sich Polizeioberrat Borke zu Wort.

„Nun mal ganz langsam, mein lieber Herr Borke. Wer hier wem zu melden hat und mit welchem zeitlichen Vorlauf entscheide ich ganz allein. Um es hier einmal ganz klar zu sagen, liebe Kollegen: Auch wenn für alle der Druck groß ist, bin ich in erster Linie hier, um ihnen an der Basis den Rücken frei zu halten, damit sie ungehindert ihren schweren Dienst machen können. Ich habe großes Vertrauen in ihre Arbeit, die in der Vergangenheit äußerst erfolgreich gewesen ist. Ich bin sicher, sie klären auch bald diese Fälle."

Borke schaute betroffen in seine Kaffeetasse. Einen Moment war es ruhig im Zimmer.

Wilhelm durchbrach die Stille und wandte sich an seinen obersten Chef:

„Vielen Dank für das Vertrauen, Herr Lohmeyer. Sie können sicher sein, dass wir alles daran setzen werden, den oder die Täter so schnell wie möglich zu ermitteln und festzunehmen. Wie ihnen Herr Vollertsen sicher schon berichtet hat, bestehen Zusammenhänge zwischen den Tötungsdelikten. Das ergibt sich aus DNA-Abgleichen. Wir vermuten einen Täterkreis, der junge Mädchen und junge Männer an ältere Herren vermittelt und über einen Ring sexuelle Dienstleistungen anbietet. Aktuell sind wir gerade dabei, in die internen Abläufe des sogenannten Sugar Daddy Clubs vorzudringen, um an die Hintermänner heranzukommen. Soweit ich es jetzt beurteilen kann, könnte der Vorgang sogar in politische Kreise hineinspielen. Insofern wären wir für ihre Rückendeckung sehr dankbar. Und natürlich sind wir gern bereit, sie persönlich auf dem Laufenden zu halten. Uns ist selbstverständlich die Brisanz des Vorganges klar. Frau Friedberg und ich sind allerdings zuversichtlich, dass wir den Fall zeitnah klären können."

„Vielen Dank, Herr Bielfeld. Ich wäre ihnen dankbar, Herr Vollertsen, wenn sie mir persönlich und direkt über den weiteren Ermittlungsstand berichten könnten. Sollte tatsächlich der Innen- und Rechtsausschuss den Vorgang auf die Tagesordnung setzen, werde ich sicher für Detailfragen den Minister begleiten. Für den Fall

möchte ich sie, Herr Bielfeld und Frau Friedberg, bitten, mich unmittelbar über den aktuellen Sachstand, auch über Details, zu informieren. Herr Borke wird dann einen Termin mit ihnen abstimmen. Ich wünsche ihnen viel Erfolg bei ihren anspruchsvollen Ermittlungen."
Auf dem Rückweg ins Büro sagte Erika zu Wilhelm: „Wir haben einen guten Direktionsleiter, der nicht gleich bei jedem kleinen Sturm in Panik gerät. Schade, dass er nächstes Jahr pensioniert wird".

Kapitel 27

Völlig entspannt stieg Nasrin von ihrem Mountain Bike. Als trainierte Sportlerin hatte sie die Strecke von Gaarden in die Probstei, ohne ins Schwitzen zu kommen, in einer knappen halben Stunde geschafft. Das Wetter war herrlich, die Straße relativ wenig befahren und ihre Laune bestens. ‚Zum Glück hat Finn heute eine wichtige Zwischenprüfung bei der Feuerwehr! Gut, dass er mich nicht begleiten kann, er hätte nur gestört.'
Mit einem Lächeln im Gesicht fuhr sich Nasrin mit der rechten Hand durch die dunklen Locken. Sie wusste, dass sie mit ihrem Aussehen sehr zufrieden sein konnte. ‚Holla die Waldfee! Was ist das für ein tolles Anwesen!'
Stark beeindruckt von den hochherrschaftlichen Hofgebäuden schob Nasrin ihr Fahrrad auf dem breiten Kiesweg in Richtung Pferdestall. ‚Alles unter Reet, sieht aber viel nobler und gepflegter aus als bei den alten Bauernkaten im Bordesholmer Land.' Vor dem Stallgebäude stand ein neuer Volkswagen Touareg, dessen schwarzer Lack in der Sonne glänzte. Ein sportlich aussehender Mann von geschätzt dreißig Jahren führte einen dunkelbraunen Hengst vom Pferdeanhänger auf die Weide.
„Kann ich dir helfen?" Mit sonorer Bassstimme sprach der Mann Nasrin an.
„Ich bin die Nasrin. Ich hatte mit Herrn von der Groeben telefonisch einen Termin vereinbart."
„Das bin ich. Aber wir duzen uns hier alle. Also, ich heiße Adolph, mit PH am Ende."
Adolph drückte Nasrin freundlich die Hand, ein bisschen zu lange, wie sie fand.
„Was kann ich für dich tun, Nasrin?"
„Ich möchte, wie ich ja schon am Telefon kurz erzählt hatte, meine Reitkünste aus der Kindheit auffrischen

und endlich mal wieder Reitstunden nehmen. Ihr, äh dein Reitstall wurde mir hierfür wärmstens empfohlen."

„Das freut mich zu hören! Aber er gehört meiner Ehefrau Juliane. Ich bin hier nur der Reitlehrer und der Mann für alle Fälle." Adolph versuchte, verführerisch zu gucken, worauf Nasrin gerne einging.

„Beim Sport bin ich schon immer besser mit Männern als mit Frauen klargekommen. Die sind oft so zickig!"

„Stutenbissig nennen wir das hier auf dem Reiterhof. Ich kann mir auch sehr gut vorstellen, dass wir beiden uns prächtig verstehen werden! Ich zeige dir unsere beiden Reitställe, damit du dir einen Eindruck machen kannst. Zum Glück ist jetzt hier in der Mittagszeit wenig los. Die meisten Frauen und Mädchen – Männer haben wir hier kaum – kommen in den frühen Vormittagsstunden oder am späten Nachmittag. Darf ich vorgehen?"

Ganz gentlemanlike führte Adolph seine junge Begleiterin in den halbdunklen Pferdestall. Ungefähr dreißig prächtig aussehende Pferde schauten neugierig aus ihren Boxen.

„Die sind ja cool!"

„Die meisten kommen aus eigener Zucht, worauf wir sehr stolz sind."

„Sind denn die Reitstunden hier genauso teuer, wie in den anderen Reitställen? Ich verdiene als Auszubildende nur wenig Geld. Meine Mutter ist alleinerziehend und kann mir nicht so viel Taschengeld geben."

„Da zerbreche dir bitte nicht deinen hübschen Kopf, Nasrin. Ich habe mir, als ich selbst noch jung war und wenig Geld zur Verfügung hatte, geschworen, als Erwachsener mit hoffentlich ausreichendem Einkommen den Pferdesport auch jungen Menschen zu ermöglichen, die noch keine entsprechenden finanziellen Mittel haben."

„Was bedeutet das konkret?", fragte Nasrin freundlich lächelnd.

„Das bedeutet konkret, dass du die Reitstunden durch entsprechendes Engagement auf dem Reiterhof oder anderswo finanzieren kannst."

„Also durch Stallausmisten und Pferdepflege?" Nasrin hielt ihr niedliches Gesicht leicht schräg, fuhr mit ihrer rosa Zunge über die Lippen und schmachtete Adolph an.

„Das wäre eine Möglichkeit. Aber dafür bist du viel zu hübsch, Nasrin! Die bessere, sprich lukrativere Alternative wäre, dass du gelegentlich netten Freunden von mir ein wenig Gesellschaft leistest. Die sind alle in meinem Alter oder ein wenig darüber, beruflich sehr erfolgreich und äußerst engagiert als Ärzte, Rechtsanwälte oder Politiker. Deshalb leider oft geschieden oder getrennt lebend. Die freuen sich über den Kontakt zu jungen, hübschen, gesunden und attraktiven Menschen. Am liebsten zu lebenslustigen und aufgeschlossenen Mädchen."

„In den letzten Sommerferien nach meinem Schulabschluss habe ich als Gästebetreuerin in einem Club Hotel auf Ibiza gejobbt. Da hatte ich hauptsächlich mit Männern zu tun, die sich durch geschäftliche Erfolge eine Incentive-Reise verdient hatten. Das hat mir und den Gästen sehr viel Spaß gemacht!" Lügen konnte Nasrin schon immer sehr geschickt.

„Und dein Freund? Hat der damit keine Probleme?"

„Ich wohne zwar zusammen mit einem Typen in einer WG, aber der ist nur mein Kumpel und hat kein Interesse an mir." Wie gesagt, lügen konnte Nasrin.

„Das klingt doch alles sehr vielversprechend! Ich gebe dir die Visitenkarte von meinem alten Freund Kurt

Georg. Er wird dir alles Weitere gerne erklären. Der ist zwar schon sechzig oder so, aber sehr modern eingestellt." Adolph nestelte eine Visitenkarte von Kurt Georg Fleckenheim aus der Brieftasche und reichte sie Nasrin.

„Das war ein tolles Gespräch mit dir, Nasrin! Ich freue mich, dich kennengelernt zu haben und hoffe, dass wir uns bald wiedersehen werden, spätestens zu deiner ersten Reitstunde."

Ohne Vorwarnung umarmte Adolph Nasrin und presste seine Hände auf ihre Schulterblätter. Nasrin ließ es geschehen. Sie war durch die körperliche Nähe des attraktiven und erfolgreichen Mannes irritiert. Finn war bisher ihr erster und einziger fester Freund gewesen. Als sie Adolphs Erregung spürte, dachte sie an den Spruch einer Schulfreundin, die regelmäßig Reitstunden hatte:

‚Zu jedem richtigen Reitlehrer gehört eine ordentliche Peitsche'.

Adolphs Hände bewegten sich zielgerichtet aber ruhig in Richtung von Nasrins Po. Sein Mund suchte den Kontakt zu Nasrins Lippen. Bevor es zum Kuss kam, riss ein schriller Schrei die beiden Turteltauben aus ihrer trauten Zweisamkeit:

„Adolph, lass sofort das Mädchen los! Und du kleine Schlampe machst dich sofort vom Hof und lässt dich hier nie wieder blicken!"

Juliane von der Werth stand, wie aus dem Boden gewachsen, hinter den beiden. Ihr sonst ansprechendes Gesicht war von hektischen, roten Flecken übersät. Ihre Augen waren weit aufgerissen. Mit energischen Bewegungen schubste sie Nasrin aus dem Pferdestall.

Völlig verschüchtert lief Nasrin zu ihrem Mountain Bike und trat kräftig in die Pedale.

‚Was erzähle ich davon nur Finn und seiner Mutter?'

Juliane von der Werth hatte ähnliche Auftritte von Adolph schon öfters erlebt. Aber diesmal hatte sie genug von ihrem ewig fremdbalzenden Ehemann.

„Adolph, deine wöchentlichen Saufereien mit deinen Kumpels und dein ständiges Rumgemache mit den kleinen Mädchen vom Reiterhof kotzen mich an! Mich rührst du schon seit über zwei Jahren nicht mehr an, weil du angeblich nach deinem Reitunfall impotent geworden bist. Ich habe die Schnauze voll von dir und unserer Nicht-Ehe, jetzt aber endgültig! Packe deine Sachen und haue ab! Ich meine es ernst, mein Lieber!"

Wutschnaubend schmiss sie Adolph einen Autoschlüssel vor die Füße.

„Den alten Tiguan kannst du gerne mitnehmen. Betrachte ihn als mein Abschiedsgeschenk. Sonst gehört dir hier ja nichts! Also sieh zu, dass du die Kurve kriegst!"

*

Als Nasrin zuhause angekommen war, rief sie, immer noch etwas verwirrt, Finns Mutter Erika im Dienst an und erzählte ihr das Wichtigste von ihrem Reiterhof-Besuch.

„Aber sag bitte Finn nichts davon! Das mache ich später selbst in einer ruhigen Stunde."

„Und Fleckenheim?"

„Den rufe ich nächste Woche mal an. Der ist doch mit seinen sechzig Jahren völlig ungefährlich! Der tut mir doch nichts!"

„Na meine Liebe. Unterschätze nicht die älteren Herren! Die grauen Wölfe sind oft die schlimmsten. Aber du wirst es schon richtig machen."

Kapitel 28

‚Dieses arrogante und vertrocknete Miststück, das ganze Leben hat mir diese Hexe zerstört. Aber die wird sich noch wundern, die alte Ju. Wenn ich erst einmal im Europaparlament sitze. Auf Knien wird sie mich anflehen, zu ihr zurückzukehren'.

Alles hatte so harmonisch begonnen. Sie hatten sich beim Ball des Sports in Kiel kennengelernt. Juliane hatte bereits ihr Architekturstudium abgeschlossen. Selbstverständlich mit Bestnote. Sie arbeitete bei einem bekannten Architekten in Kiel, plante aber ein eigenes Büro zu eröffnen. Für anspruchsvolle Kunden, wie sie ständig betonte. Ihr Vater wollte sie dabei finanziell unterstützen.

Adolph hatte sich noch nicht so recht beruflich orientiert. Zweimal hatte er ein BWL-Studium begonnen, aber keines zum Abschluss gebracht. Juliane, die ihm hin und wieder ein wenig finanziell unter die Arme griff, hatte vollen Erfolg mit ihrer Immobilienverwaltung für herrschaftliche und hochherrschaftliche Häuser. Außerdem war sie gutachterlich tätig. Ihre Arbeit war an den höchsten Gerichten anerkannt. Sie war viel im europäischen Ausland unterwegs. Adolph hatte eine Anstellung in ihrer Firma erhalten, er war im weitesten Sinne als Hausmeister tätig, hatte aber heimlich eine dreiwöchige Ausbildung zum Reitlehrer absolviert. Voller Stolz präsentierte er Juliane sein Diplom. Sie nahm es zur Kenntnis.

Ob es für Beide die große Liebe war, konnte keiner dem anderen eingestehen. Jedenfalls zog Adoph bei ihr ein und es kam zur Hochzeit. Der Altersunterschied von vierzehn Jahren sollte niemals zwischen ihnen stehen, darin waren sie sich einig. Lediglich der Vater von Juliane stimmte letztlich dieser Verbindung nur zu, da

Adolph zumindest von Adel war. Als Geschäftsfrau bestand Juliane natürlich auf einem Ehevertrag. Der Vertrag wurde vom Hausjuristen verfasst. Adolph brauchte lediglich zu unterschreiben. Das war ihm recht, nichts hasste er mehr als den ‚Schriftkram'. Vielleicht wäre es alles so seinen Weg gegangen. Adolph hatte seine wöchentliche Herrenrunde, bei der es jeweils hoch her ging, und seine politischen Ambitionen, für die Juliane allerdings keinerlei Verständnis zeigte.

Die Wende trat ein, als Ju, wie er liebevoll seine Frau hin und wieder nannte, den abgewirtschafteten Reiterhof in der Probstei erwarb. Die Geschäfte führte mittlerweile ihr Büro selbstständig und überaus erfolgreich. Auch Adolph sollte auf den Hof wechseln. Schließlich bist du ausgebildeter Reitlehrer, wie Juliane süffisant bemerkte.

Kein Stein blieb auf dem anderen. Es wurden sämtliche Gebäude neu erstellt, gemauert aus hartgebrannten dunkelroten Ziegeln, eingedeckt im Stil alter Gutshöfe mit Reet. In der Mitte des Ensembles das große Herrenhaus. Darum reihten sich die Pferdeklinik, das Sanatorium, die Stallungen, der Zuchtbetrieb und als Krönung die riesige Reithalle. Abseits standen kleine Steinbaracken als Unterkunft für die Bediensteten.

Die Einweihung war ein Event der Superlative, dem Spektakel der Eröffnung der olympischen Spiele gleich. Größen aus Wirtschaft, Politik, Kunst und Kultur sowie die Spitze des deutschen und europäischen Reitsportes waren anwesend. Nach den üblichen langweiligen Reden ergriff Juliane das Wort. Sie hatte ein Outfit gewählt, einer Angehörigen des Hochadels gleich. Blütenweiße enganliegende Reithose und das dazu passende Oberteil in blutrot, mit goldenen Knöpfen an ihren schmalen Oberkörper geschnürt. Auf dem Kopf trug sie einen tiefschwarzen Damenzylinder. Das Auffallendste waren jedoch ihre blitzblank geputzten Langschäfter und die geflochtene Gerte, die sie in der rechten Hand hielt. Breitbeinig stand sie vor ihren Gästen. Mit einem kräftigen, laut knallendem Peitschenschlag auf das straffe Leder, verschaffte sie sich Gehör. Sie gab das weitere Programm bekannt. Adolph hatte sich heimlich auch einen Reiterdress besorgt und sich in diesen hineingezwängt, die neuen Stiefel kniffen arg. Er stand etwas abseits. Rechtsaußen sozusagen. Die Chefin stellte ihre engsten Mitarbeiter vor, voran den ‚Ersten Reitlehrer' Carlos, und danach ihr gesamtes Team. Auch Adolph vergaß sie nicht zu erwähnen. Seine Zuständigkeit lag in der Betreuung der kleinsten Gäste: Dem Ponyreiten. Es folgte ein gedämpfter Applaus.

Es durchzucke Adolph bis in die kleinen Zehen, er bekam einen dicken Hals; der Kragen platzte ihm jedoch erst, als er sein Büro betrat. Ju hatte ihm eine kleine Kammer eingerichtet. Sie maß etwa drei mal drei Meter und war mit einem ‚IKEA' Schreibtisch und dem dazugehörigen Drehstuhl möbliert. Die Krönung war das kleine, nach Osten zeigende Fenster, es gab den Blick auf den dampfenden Misthaufen des Anwesens frei.

Hier beschloss Adolph endgültig, das eheliche Schlafzimmer nicht mehr zu betreten. Die Rache des kleinen Mannes. Er schob eine Impotenz vor, die er bei einem heftigen Sturz von dem Wallach ‚Karl von der Werth' erlitten hatte. Ein totes Stück Fleisch wolle er seiner Ehefrau im Ehebett nicht zumuten. Die Antwort von Ju war lediglich: Ein toller Hengst warst du eh nicht. Carlos wird mich trösten, er liebt reife Frauen.

Er war in eine Knechtskammer gezogen. Die Alimentation, die ihm die Alte zugestand, reichte vorn und hinten nicht. Zum Glück erhielt er eine recht passable Provision vom ‚Flecki-Club', deren Mitglieder sich gern mit jungen Mädchen umgaben. Und so weiter. Allerdings musste er ständig neu liefern und das mit frischer, sogar immer mehr, mit sehr frischer Ware. Der Reiterhof war ideal für seine Kontakte und somit eine gute Geld- quelle. Sie ermöglichte ihm ein einigermaßen standes- gemäßes Leben. Der Club verlangte eine hundertpro- zentige Diskretion. Adolph musste eingehend prüfen, was durch seinen Auszug aus dem gemeinsamen Schlafgemach ungemein erleichtert wurde.

Sein Ziel blieb aber weiterhin seine politische Karriere. Durch den Club war er sehr gut vernetzt. Die Arbeit auf dem Hof wurde zunehmend eine Qual für ihn. Er durfte sich mit pickeligen, fetten Mädchen herumplagen, wäh- rend ihre Mütter auf fertig gesattelte Pferde stiegen und ihren Morgenritt absolvierten. Einmal hatte sich eine kleine Gruppe gutbetuchter Damen angemeldet. Sie wollten einem Natursprung beiwohnen. Sie saßen um einen kleinen runden Gartentisch herum und nippten an ihrem Champagner. Er hatte die Aufgabe, die Begrü- ßung und die Einführung in das Schauspiel zu überneh- men. Derweil hatte die rossige Stute ein paar Äpfel ver- loren, die er behände einsammelte. In der Stallung wie- herte der Hengst laut und hell. Adolph kam sich vor wie der Hofnarr.

*

Es kam aus heiterem Himmel. Der Blitz schlug ein. Der Donner krachte. Der Rauswurf. Verdammt, diese blöde Nasrin!

*

Adolph saß in dem liebevoll eingerichteten Einbettzim- mer im Hotel Carstens. Es kam ihm jedoch vor wie eine graue kalte Einzelzelle ohne genügend Sauerstoff zum Atmen. Immer wieder durchflossen die Erinnerungen sein Hirn. Er wusste nicht, wie oft er diesen verdamm- ten Vertrag studiert hatte.

Ehevertrag zwischen Frau Juliane von der Werth und Herrn Adolph von der Groeben, mit den dazugehörigen Unterschriften. In Kopie selbstverständlich, als letzten Gruß von dem Scheusal.

Begründeter Verdacht auf Alkoholmissbrauch! - Hier konnten nur seine Casinoverpflichtungen in seiner Reservistenkameradschaft gemeint sein! Begründeter Verdacht auf außereheliche Aktivitäten! - Nur ein paar Mal hatte er seine Ware geprüft! Wer war der Verräter? Carlos natürlich, dieser Erbschleicher! In einem Fall der Trennung standen ihm weder Unterhalt noch eine Abfindung zu! Es viel ihm wie Schuppen von den Augen: Keine Frage: Er stand vor dem finanziellen Kollaps. Eine laute Stimme weckte ihn aus seiner Selbstbemitleidung.

„Wofür hat man Freunde!"

Er schaute sich um, keiner außer ihm befand sich im Raum. Er hatte seine rechte geballte Faust gen Decke gerichtet. Ihm wurde klar, es waren seine eigenen Worte, die ihn wachgerüttelt hatten. Ein Zeichen des Himmels. Im Leben geht es immer irgendwie weiter. Er fühlte sich besser. Er rief seinen väterlichen Freund und politischen Förderer Kurt Georg Fleckenheim an.

„Schön, dass du dich meldest, hast du ein kleines schüchternes Fohlen anzubieten, das darauf wartet, eingeritten zu werden?"

„Das auch, Nasrin heißt sie; wird sich in den nächsten Tagen bei dir melden."

„Ich wusste, auf dich ist Verlass, erzähl mir mehr: Wie jung ist sie, ist sie blond oder schwarz, hast du sie getestet? Ich bin schon ganz aufgeregt. Aber nebenbei, kann ich auch etwas für dich tun?"

„Sehr viel sogar, ich befinde mich in einem finanziellen Desaster, kann ich dich sofort sprechen?"

„Aber selbstverständlich, dafür sind doch Freunde da. Kein Problem, bin aber nicht zu Hause. Ich sitze auf meinem Hochsitz auf den Graurock an. Du weißt, diese Trophäe fehlt mir noch. Aber alles streng geheim, wie du dir vorstellen kannst. Komm doch einfach vorbei. Aber bitte nicht wie ein Trampeltier, immer schön in Deckung bleiben und dann zuschlagen, so wie im richtigen Leben."

Fleckenstein lachte dreimal trocken.

*

Adolph kannte den großen Jagd-Hochsitz, unweit der Straße nach Nettelsee. Hatte dort schon mit Kurt Georg hin und wieder auf Sauen angesessen.

Adolph erkannte schon von weitem Kurt Georgs großen Geländewagen. Irgendwie beneidete er ihn, konnte machen, was er gerne tat, und hatte mit Sicherheit keinen würgenden Ehevertrag hinter sich.

Er parkte sein altes Auto ebenfalls schräg in der Böschung, und bewegte sich vorsichtig Richtung Hochsitz. ‚Hoffentlich verwechselt mich der alte Mann nicht mit einem grauen Wolf', waren seine Gedanken, das könnte ein schnelles Ende bedeuten.

„Komm herauf und halte die Klappe", waren die begrüßenden Worte. „Der Wind steht gut, unser Freund wird diesen Umstand nutzen, zumal eine kleine Herde Schafe, ein wenig weiter rechts von uns, grast. Das graue Fell wird die Eingangshalle meiner Wolfsschanze schmücken. Adolph, es läuft alles wie geschmiert für uns, was hast du für ein Problem? Aber bitte leise!" Fleckenheim äugte ständig in alle Richtungen, er war auf der Jagd. Die schussbereite Waffe lag auf seinen Oberschenkeln.

Adolph rutschte unruhig auf seiner harten Bank hin und her, offenbarte aber letztlich seine finanzielle

Notlage. Er war froh, es ausgesprochen zu haben, mit der Bitte an Fleckenheim, ihn vorübergehend finanziell zu unterstützen. Anders als Adolph erwartet hatte, gab sich Fleckenheim sehr reserviert.

„Mein lieber Adolph, konzentriere dich bitte vorrangig mit aller Kraft auf deine politische Karriere. Ich helfe und unterstütze, wo ich kann, du hast mein Wort. Finanziell kann ich dir leider nicht unter die Arme greifen. Die Renovierung meiner Schanze ist dank deiner Gattin finanziell etwas aus dem Ruder gelaufen. Darüber hinaus habe ich einen erheblichen Großteil meines Vermögens in unseren Wahlkampf gesteckt. Und letztlich laufen meine Erotikshops eher miserabel. Du weißt, der verdammte Onlinehandel. Mir steht das Wasser ebenfalls bis an die Brustwarzen."

Es kam zu einer grotesken Situation: Zwei Männer schrien sich flüsternd an. Beide hatten sich erhoben, jeder konnte den Atem des anderen spüren.

„Aber für deine Vögelei ist genug Geld da. Immer jüngere Mädchen forderst du, koste es was es wolle."

Adolph schrie es aus sich heraus: „Du bist auf dem besten Weg zum Kinderficker!"

*

Fleckenheim war aufgesprungen und stieß Adolph vor die Brust.

„Halt das Maul, du Nichtsnutz", schrie er ihn an. Es entstand ein Gerangel auf der kleinen Grundfläche des Hochsitzes. Fleckenheim griff nach seinem Rucksack, irgendetwas suchte er.

Seine Kurzwaffe oder seinen Hirschfänger?, fragte sich Adolph. Er musste ihn aufhalten.

*

Fleckenheim war verschwunden und Adolph lag allein auf dem harten Boden der Kanzel.

‚Ein Traum', schoss es durch seinen Kopf, ‚ein böser Traum'. Er schaute hinter sich, als erwarte er einen weiteren Angriff von Fleckenheim. Er war allein auf dem Hochsitz und atmete schwer. Was war geschehen? Er konnte sich an nichts erinnern. Hatte er Fleckenheim überhaupt berührt? Er konnte sich doch nicht in Luft aufgelöst haben.

Adolph erhob sich mühevoll und sah sich um. Zuletzt wagte er einen Blick die steile Leiter hinab. Dort lag Fleckenheim. Arme und Beine verdreht, als würden sie nicht zueinander gehören. Die weit aufgerissenen Augen blickten in den Himmel.

Genickbruch, diagnostizierte Adolph sofort. Ein Unfall, ein Jagdunfall! Kurt Georg muss ins Straucheln geraten sein. Panik kam in ihm auf. Er hangelte sich mühevoll die steile Leiter hinab. Die letzten beiden Stufen musste er im Sprung überwinden, Fleckenheim hing zwischen den Sprossen.

Adolph begann in Richtung seines Autos zu laufen. Er bleibt wie angewurzelt stehen und erkannte seinen Fehler. Er ging in sich: ‚So geht es nicht, auf gar keinen Fall. Die Situation ist mehr als nur prekär. Sein Fahrzeug am Straßenrand und wer weiß, was er noch für Spuren hinterlassen hatte. Er musste eine falsche Fährte legen'.

Er lief zurück zum Hochsitz. Fleckenheim hatte sich kein Stück bewegt, erste Fliegen umschwärmten seinen Kopf. Wiederum der beschwerliche Aufstieg. In Kurt Georgs Rucksack fand er dessen Handy. Er wählte den Polizeinotruf.

„Hier ist die Leitstelle Mitte, mein Name ist Haase. Was können wir für sie tun?"

Adolph sammelte sich: „Mein Name ist Igel, ich bin Wolfsbetreuer und Wolfsfreund. Auf meinem Weg von Bordesholm nach Nettelsee sah ich rechts einen Hochsitz. Der Lauf einer Büchse ragte über die Brüstung.

Offenbar war jemand auf dem Ansitz, einen harmlosen Wolf zur Strecke zu bringen. Ich wollte diesen Frevler zur Rede stellen. Beim Hochsitz angekommen, bekam ich einen Schock. Vor dem Aufstieg lag ein älterer Mann, schwer verletzt oder tot sogar, ich weiß es nicht. Kommen sie schnell!"

„Bleiben sie unbedingt vor Ort und weisen uns ein. Berühren sie nichts. Wir sind unterwegs."

Adolph eilte zu seinem Fahrzeug. Er wendete und fuhr Richtung Bordesholm zurück. In Groß Buchwald kam ihm ein Einsatzfahrzeug mit eingeschaltetem Blaulicht und Martinshorn entgegen. Er sehnte sich nach seinem Hotelzimmer.

Kapitel 29

Wilhelm Bielfeld stand vor der Glastafel in seinem Büro, zog Striche auf der Tafel, wischte andere fort und suchte Verbindungen zwischen den Handelnden zu finden. Da platzte Erika Friedberg in das Büro.

„Sieh, Wilhelm, was ich mitgebracht habe", rief sie und schwenkte eine dünne Klarsichthülle mit Aktenunterlagen. „Das sind die Ergebnisse der DNA-Untersuchungen von Steffi. Und nun rate mal, wer der Vater des Babys ist! Kommst du nie drauf!"

„Nun sag doch endlich! Wir sind doch hier nicht bei Kai Pflaume!"

„Der alte Fleckenheim. Da staunst du, was?" Und Wilhelm Bielfeld staunte wirklich. War da auch ein wenig Anerkennung, ein bisschen Hochachtung in seinen Gedanken? Der alte graue Wolf!

„Darüber hinaus wissen wir, dass Adolph von der Groeben auf dem Hochsitz gewesen ist. Das hat die Spurenauswertung ergeben. Er muss gemeinsam mit Fleckenheim dort gewesen sein."

Bielfeld sinnierte. Erst nach einer ganzen Weile, in der er hin und her durch den Raum gegangen war, sagte er: „Ich glaube, wir sollten den von der Groeben jetzt erst mal einige Zeit in Ruhe lassen. Auf jeden Fall nicht mit unserem Wissen konfrontieren. Mal sehen, wie sich die Sache entwickelt."

Kapitel 30

Nasrin saß in dem mit Glas überdachten hohen Innenhof des Landeshauses in Kiel. Es war ein angenehmes Gefühl, hier im Warmen zu sitzen, vor dem Kieler Schmuddelwetter draußen geschützt. Nasrin hatte mit ihrem Schwesternkurs den Kieler Landtag besucht. Politische Bildung. Aber eigentlich Langeweile pur. Obwohl es um die Klimapolitik gegangen war. Aber die Fraktionen der Jamaika-Koalition ließen alle Angriffe der Opposition lächelnd an sich abprallen. Da konnte Stegner noch so toben. Dabei wusste man doch, dass die Koalition in Klimafragen durchaus zerstritten war. Der Abstand von Windkraftanlagen zur Wohnbebauung war nur ein Knackpunkt. Aber im Landtag demonstrierte man Geschlossenheit. Als in einer aktuellen Stunde das Thema Wölfe in Schleswig-Holstein aufgerufen wurde, mussten Nasrin und ihre Gruppe die Zuschauertribüne räumen. Schade, hätte spannend werden können.

*

Die Kantine des Landtages hatte, als sie noch im dritten Stockwerk des Landeshauses untergebracht war, durch den „Spargelkoch" Helmut Zipner eine gewisse Berühmtheit erlangt. Aber auch heute war die Essensauswahl gut. Nasrin und die meisten ihrer Freunde hatten sich für Calamaris mit Knoblauch-Dip und Brot entschieden. Zum angenehmen Preis von 4,30 Euro. Und sie waren froh, dass sie ihre Gerichte bereits hatten. Denn offenbar war der Landtag in die Mittagspause eingetreten; Abgeordnete, Zuschauer und Mitarbeiter strömten in die Kantine. Es gab einen kleinen Stau am Buffet. Aber der löste sich bald auf, und Nasrin beobachtete das Treiben in dem Restaurant.

Einen Tisch hatten grüne Politiker besetzt, Nasrin kannte einige aus Bildern in der Zeitung und vom Fernsehen. Ein Platz war noch frei, und ein Abgeordneter mit vollem Teller, Nachtisch-Schüssel, Flensburger und Bierglas auf dem Tablett sah in dem freien Stuhl schon seinen rettenden Ankerplatz. Da hieß es aus der Gruppe am Tisch: „Leider besetzt. Der Kollege kommt gleich." Der Abgeordnete schwankte mit seinem Tablett weiter durch den Raum. Der Platz am Tisch der Grünen blieb die ganze Zeit frei. Nasrin hörte Wortfetzen: „Doch nicht mit so einem Wolfskiller an einen Tisch!" „Da vergeht einem ja der Appetit!" „Wir sind zwar tolerant, aber alles hat seine Grenzen…" Nasrin wandte sich an einige ihrer Freundinnen: „Ich denke, die sind Mitglieder einer Koalition, die regiert." Eine der Freundinnen antwortete: „Mein Papa ist in der SPD. Der behauptet, diese Jamaika-Koalition streite sich wie die Kesselflicker. Was auch immer das heißt. Papa sagt, das geht nicht mehr lange gut."

Kapitel 31

„Was sie mir und ihren Kolleginnen und Kollegen da zumuten, ist ihnen hoffentlich bewusst!" Staatsanwalt Friedebert Westendorf hob resignierend die Hände. Vor der geballten Überzeugungskraft der Kripo-Beamten Wilhelm Bielfeld und Erika Friedberg gab er sich geschlagen. Vor allem die Oberkommissarin Friedberg hatte eindringlich argumentiert, wie wichtig die Personenüberwachung des Adolph von der Groeben sei.

„Wir müssen doch alles versuchen, die Morde an so jungen Menschen aufzuklären. Die Öffentlichkeit wird nicht verstehen, wenn wir nicht alle Möglichkeiten ausschöpfen", hatte sie ihren Standpunkt mit Nachdruck vertreten. Und es war ja richtig: Von der Groeben steckte in großen persönlichen und finanziellen Schwierigkeiten. Es konnte schon sein, dass er sich zu weiteren Erpressungsversuchen gezwungen sah, um seine Finanzen aufzubessern. Eine Schwierigkeit der Personenüberwachung war allerdings, dass sie in einem so überschaubaren Ort wie Bordesholm stattfinden sollte. Das Abhören des Telefons war kein Problem, das geschah anonym; und der E-Mail-Verkehr sowieso. Aber die Polizeibeamten, die von der Groeben persönlich beschatten sollten, mussten dauernd wechseln. In Bordesholm gibt es keine Anonymität. Wen man ein zweites Mal sieht, der fällt auf; und spätestens, wenn einem jemand zum dritten Mal begegnet, fragt man: „Wer ist das denn?" Westendorf terminierte den Beginn der Observation für Adolph von der Groeben auf den nächsten Morgen, 7.00 Uhr. Zwei Beamte sollten im Hotel Carstens Zimmer nehmen, das übrige Überwachungsteam quartierte sich im Hotel Seeblick in Mühbrook ein.

*

Anna sah den Gast hereinkommen. Nein, der gehörte nicht hierher, obwohl er übernächtigt wirkte und seine Kleidung unordentlich. Aber er trug edle Marken, die Seidenkrawatte hing tief unter seinem Hemdkragen. Adolph von der Groeben hatte den ganzen Tag versucht, Geld aufzutreiben. Wen von den alten Freunden er aber auch anrief oder aufsuchte, alle hatten sie gerade keine Mittel flüssig. Man könne ihm mit ein paar Hundert, ja Tausend Euro aushelfen. Fürs Erste. Eine Investition in eine neue Existenz könne man aber keinesfalls mitfinanzieren. Schon gar nicht so kurzfristig. Leider.

Als von der Groeben die Sinnlosigkeit seines Vorhabens einsah, fuhr er an den Bordesholmer See. Auf der Terrasse des Pavillons aß er eine Currywurst de luxe und begann zu trinken. Es wehte ein zugiger Wind. Durchgefroren und von den klugen Sprüchen eines Gastes belästigt fuhr er in den Ort. Wohin? Da war doch die Sportklause. Nie war er in dem Lokal gewesen. Man würde ihn nicht kennen.

„Ihr Bier, mein Herr, und ein doppelter Whisky." Das Bier war frisch und kalt, den Whisky aber hätte von der Groeben zu anderer Zeit und am anderen Ort empört zurückgewiesen. Jetzt stürzte er ihn hinunter, starrte in das leere Glas.

Was tun? Wahlkampf ohne Geld? Gerade als Spitzenkandidat unmöglich. So wie es heute aussah, würde er nicht einmal einen Listenplatz für die nächste Landtagswahl bekommen. Eine neue Frau? Zweimal war er bei alten, wohlhabenden Bekannten bereits abgeblitzt. Alle wussten von seinem Problem, sahen sich als Notnagel zu schade.

„Vielleicht sollte ich das Land verlassen?" sagte er in sein leeres Bierglas hinein.

„Noch ein Bier? Und auch Whisky?"

Es war eine angenehm weiche rauchige Stimme, die ihn aus den Träumen riss. ‚Was war das für ein Akzent?' „Ja, bitte", antwortete er und nahm die Frau hinter der Theke erstmals richtig wahr. Sie trug einen engen, tief ausgeschnittenen Pullover und einen knappen, zu kurzen Rock. Beides in leuchtenden Farben, gelb und rot. Was hervorragend mit ihrem dunklen Teint harmonierte. ‚Alles ein wenig zu auffällig für diese Kneipe', dachte von der Groeben. ‚Eher was für die Bergstraße.' „Bitte, ihr Bier und der Schnaps." Die Stimme war einschmeichelnd, angenehm. Von der Groeben bemerkte, dass die Blicke der am Tresen sitzenden Männer an der Frau hingen. Auch die Dartspieler aus dem Nebenraum eilten, kaum hatten sie ihre Pflichtwürfe getan, zurück an den Tresen.

‚Ja, Barfrau, das wäre die richtige Verwendung für sie,' dachte von der Groeben.

„Danke, sehr freundlich."

„Bitte, in meiner Heimat würde ich ihnen Besseres servieren. Feurigen Wein und guten Armagnac."

Von der Groeben kippte den Whisky in sich hinein, schüttelte sich:

„Das ist nicht so schwer. Woher kommen sie denn?"

„Aus Georgien. Ein schönes Land. Ein sonniges. Tolle Alternative zum düsteren Norden. Meine Eltern haben ein kleines Weingut. Da gibt es immer zu tun…"

Von der Groeben bestellte ein neues Gedeck. In seinem Kopf formten sich bisher nicht gekannte Gedanken:

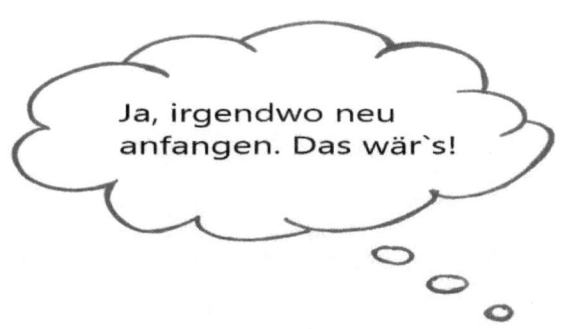

S Bordesholmer Sparkasse AG

Sponsor der Bordesholm-Krimis
von Anfang an

Die Observation lief ruhig an, besondere Vorkommnisse wurden nicht gemeldet. Wilhelm Bielfeld und Erika Friedberg warteten im Bistro „Friends of Rollo". Sie hatten sich saftige Burger bestellt. Rollo hatte das Lokal wieder übernommen, da konnte man sicher sein, dass etwas Ordentliches auf den Teller kam. Im Hintergrund spielte RSH. Die Musiksendung wurde durch die Nachrichten unterbrochen. Immer fünf vor! Der Burger kam. Lore, die freundliche Bedienung stellte den Teller vor Wilhelm Bielfeld auf den Tisch, und dieser griff sofort beherzt zu, drückte den Turm aus Brot, Hacksteak, Käse, Salat, Zwiebeln und Sauce zusammen und biss herzhaft hinein. Da stieß Erika Friedberg ihn an: „Du, Wilhelm, hör mal!" Beide konnten nicht glauben, was sie hörten:

„Adolph von der Groeben tritt als Kandidat für das Amt des Ministerpräsidenten zurück. Der Kandidat der Partei ‚Wir sind die Deutschen' gibt dafür persönliche Gründe an. Sein Rückzug habe nichts mit politischen Meinungsverschiedenheiten in seiner Partei zu tun, betonte der erst vor kurzem als Nachfolger von Kurt Georg Fleckenheim gewählte Spitzenkandidat. Als Nachfolger steht der 62-jährige Kaufmann und Wohnungsmakler Klaus-Jörg Leuthen aus Kiel bereit." Es folgten weitere Nachrichten. Bielfeld hatte seinen Riesenburger auf dem Teller geparkt. „Er wird doch nichts gemerkt haben?" Eine Weile lang aßen sie schweigend. Dann sagte Erika Friedberg: „Vielleicht ist ihm das aber auch zu viel geworden. Von der Frau rausgeworfen, ohne Wohnung, kein Geld. Ein tolles Renommee ist das nicht gerade für den Spitzenkandidaten einer konservativen Partei."

„Mmh, davon gehen wir jetzt mal aus und lassen unsere Leute weiter observieren."

Kapitel 32

Paul Schröder hatte von Wilhelm Bielfeld den Auftrag erhalten, Adolph von der Groeben zu beschatten. Als ortskundiger Beamter sollte er die Kollegen aus Kiel unterstützen. Paul hatte sich dafür im Polizeizentrum Eichhof einen unauffälligen Zivilwagen besorgt und sich in Abstimmung mit seinem Stationsleiter aus dem Alltagsdienst der Polizeistation herausnehmen lassen. An diesem Nachmittag stand er, durch eine spiegelnde Sonnenbrille getarnt, mit dem hellblauen Dienstgolf auf dem Gelände der Shell-Tankstelle an der Landesstraße 318 und beobachtete den Parkplatz des Hotels Carstens auf der gegenüber liegenden Seite. Dort hatte von der Groeben den alten VW-Tiguan geparkt, den ihm seine eifersüchtige Ehefrau als sogenanntes Abschiedsgeschenk überlassen hatte. Gegen 15.00 Uhr bestieg der Verdächtige das Fahrzeug und fuhr in Richtung Alt-Bordesholm. Paul hatte keine großen Probleme, dem Fahrzeug zu folgen. Von der Groeben fuhr vorschriftsmäßig und hielt in der Holstenstraße penibel die 30 km/h-Geschwindigkeitsbegrenzung ein. Hinter dem Alten Kreishaus bog er in Richtung Friedhof ab. Weiter ging die Fahrt über die Eckmann- und die Wildhofstraße. Hinter dem Ortsausgang Bordesholm in Richtung Mühbrook bog er in einen asphaltierten Wirtschaftsweg ein. Paul musste aufpassen, dass von der Groeben nicht bemerkte, dass er verfolgt wurde. Mehrfach bog der Observierte noch links und rechts ab, bis er schließlich auf einem Hof anhielt. Paul parkte den Dienstwagen hinter einer großen Scheune und stieg aus. Bisher war er offensichtlich noch nicht bemerkt worden. Es hatte sich doch gelohnt, dass er im letzten Jahr am Observationslehrgang in Eutin teilgenommen hatte. Eine Woche lang hatten erfahrene MEK-

Spezialisten die Lehrgangsteilnehmer beschult und ihnen gezeigt, wie eine professionelle Beschattung erfolgen sollte. Paul konnte sehen, dass von der Groeben zwischenzeitlich in das Wohngebäude des Anwesens gegangen war. Paul kannte den Hof. Erst vor kurzer Zeit war er gemeinsam mit Wilhelm Bielfeld hier, um den Jungbauern Claas Clasen nach seinem Alibi zu befragen. Claas war die Kontaktperson von Sophie, die beim Tanz in den Mai in Negenharrie zu viel getrunken hatte. Er hatte sie deswegen angeblich nach Hause begleitet.

Nach etwa einer halben Stunde kam von der Groeben wild gestikulierend aus dem Haus. Er hatte einen hochroten Kopf und schimpfte in Richtung des Jungbauern, der in der Haustür stand und verächtlich grinste. Mit quietschenden Reifen fuhr von der Groeben vom Hof. Paul hatte Mühe, dem Tiguan unauffällig zu folgen. Kurz hinter dem Ortsschild konnte er das Fahrzeug aber aufnehmen. Der Verdächtige fuhr direkt wieder auf den Hotelparkplatz zurück. Immer noch mit hochrotem Kopf stieg er aus und ging zu Fuß in Richtung Gästehaus, in dem auch sein Hotelzimmer lag. Paul hatte den Eindruck, dass von der Groeben noch leise fluchte, bis er schließlich im Gebäude verschwand.

Paul wählte an seinem Handy die Telefonnummer von Wilhelm Bielfeld.

„Interessante Mitteilung, Wilhelm. Von der Groeben war gerade bei unserem Jungbauern Claas in Hoffeld. Die beiden haben offensichtlich gestritten. Jedenfalls ist unser Freund wutentbrannt wieder nach Bordesholm zurück gefahren. Das Auto steht hier auf dem Parkplatz des Hotels. Ich behalte ihn weiter im Auge."

„Vielen Dank, Paul. Das passt irgendwie in unser Ermittlungspuzzle hinein. Ich glaube, wir kommen jetzt in eine spannende Phase. Ich bin sicher, die Wolfsfalle

schnappt bald zu. Halte uns bitte weiter auf dem Laufenden."

Kapitel 33

Finn hatte im Rahmen seines Erstpraktikums zum Notfallsanitäter seine erste Nachtwache zu absolvieren. Als dritter Mann auf dem Rettungswagen!

‚Und das ausgerechnet auf der Hauptwache, schlimmer hätte es nicht kommen können.'

Die ganze Nacht hatte Finn im Bereitschaftsraum verbracht und immer wieder die Standardeinsatzregeln studiert. Acht Flaschen Cola hatte er verbraucht und überlegt, das Rauchen anzufangen. Kein Szenario hatte er außer acht gelassen: Massenschlägerei im Altenheim, Auffahrunfall mit siebzig Fahrzeugen, Explosion auf der Queen Mary II und auch Kleinigkeiten wie abgerissene Gliedmaßen.

Nichts, absolut gar nichts war passiert, nicht einmal ein alkoholisierter Rentner hatte sich beim Öffnen seiner Raviolidose die Fingerkuppe abgeschnitten.

Finn war fix und fertig. Hatte er etwa eine Alarmdurchsage verpasst? Ein altgedienter Sani betrat den Bereitschaftsraum, er reckte sich bedächtig. Sah Finn an, der mehr als blass vor seinen Unterlagen saß, und sprach ihn an.

„Mein lieber Finn, das war mal wieder eine Nacht, wie sie sich ein Notfallretter nicht besser vorstellen kann. Nur so kann man alt werden."

„Ja, so habe ich es mir auch vorgestellt, da geht man entspannt nach Hause", sagte Finn.

„So mutt dat ok ween, mien Jung, sünst geiht en hier kaputt."

*

Finn war wie betäubt nach Hause gewankt, er hatte sich zwei Laugenstangen mit Salz und die Kieler mitgenommen. Vielleicht war doch etwas passiert in dieser Nacht.

Er setzte sich an den kleinen Küchentisch, Nasrin war schon fort. Ein Zettel lag auf dem Tisch. Ich liebe dich, stand darauf; umrahmt von einer gelben Girlande.

‚Auch daran werden wir uns gewöhnen müssen. Der eine kommt, der andere geht. Vielleicht auch nicht so schlecht mitunter.' Finn würgte sich seine Laugenstangen hinunter, auf seinen geliebten Fencheltee verzichtete er, machte Nasrin ja sonst immer. Lustlos blätterte er die Zeitung durch. Tatsächlich, alles nur tote Hose. Also hatte er zumindest nichts verpasst. Müde, so richtig müde, fühlte er sich nicht nach seiner ersten Nachtschicht. Was sollte er machen? Sich zu den Rentnern an die Hörn setzen, kam wohl auf keinen Fall in Frage. Er begann die KN diesmal von hinten umzublättern.

Im Brotkorb vor ihm lag eine Visitenkarte, gelangweilt las er: Kurt Georg Fleckenheim. Wir sind die Deutschen. Vorsitzender. Es folgten einige Telefonnummern.

‚Das ist ja gediegen, wie kommt denn diese Karte in unseren Brotkorb?' Gedankenverloren drehte Finn die Karte in seiner Hand. Was war das? In Nasrins Handschrift stand geschrieben: Fleckenheim unbedingt anrufen! Wichtiger Kontakt!

Er warf die Visitenkarte zurück in den Brotkorb.

‚Da wird mir Nasrin aber einiges zu erklären haben. Sicher so ein Sugar-Daddy, dieser Fleckenschiss. Hintergeht Nasrin mich etwa? Es gibt doch unsere klare Abmachung.'

Finn fühlte sich unwohl.

‚Fleckenheim, Fleckenheim', schoss es ihm durch den Kopf. Er starrte auf die Titelseite. Da stand es in großen Lettern schwarz auf weiß: Kurt Georg Fleckenheim tot aufgefunden. Begierig las Finn den Artikel, leider gaben die folgenden Zeilen nicht viel her. Aus ermittlungstaktischen Gründen könnten zur Zeit keine genauen

Angaben gemacht werden, die Nachforschungen stehen erst am Anfang.

‚Was ist das für ein Sumpf in den Nasrin da getreten ist, ich muss sie zur Rede stellen und meine Mutter ebenfalls; und das heute noch!'

Finn legte die KN unter den Stapel mit den alten Zeitungen. Auf einmal übermannte ihn doch die Müdigkeit. Er legte sich auf das Sofa. Fand aber kaum Schlaf. Nasrin stand neben ihm.

„Finn, du siehst ja fürchterlich aus. Hattest du eine schwere Nacht? Von einem Einsatz zum anderen? Bist du traumatisiert? Soll ich dir einen Tee machen?"

Finn stürzte in die Küche. Mit der Visitenkarte wedelnd kam er auf Nasrin zu. Er knallte sie auf den Tisch.

„Und was ist das? Was passiert da hinter meinem Rücken?"

„Ach, nichts Besonderes. Es geht da um meine Ermittlungen zur Unterstützung deiner Mami. Wollte sowieso mit dir darüber reden. Ein reiner Routineeinsatz sozusagen."

„Routineeinsatz, was für ein Ausdruck. Weißt du überhaupt, was in der Welt geschieht?"

Urplötzlich wuchs in Finn eine teuflische Idee. Rache ist Blutwurst: ‚Der werde ich es zeigen.'

„Ich gehe mal an die frische Luft, war doch recht anstrengend letzte Nacht. Wir reden nachher darüber. Bis gleich, ich bringe uns unsere Lieblingspizza von unten mit."

Finn schlich in den Keller. Schnell fand er was er suchte, die alte Plastikgießkanne. Er setzte sich auf den Holzschemel vor seiner Werkbank.

‚Müsste mal wieder aufgeräumt werden hier', dachte er beiläufig. Finn hatte seine Handynummer unterdrückt und wählte die von Nasrin. Bereits nach dem zweiten

Klingeln meldete sich Nasrin. Finn sprach in die Gieß-
kanne und hielt sein Smartphone vor das Ausgussrohr.
„Spreche ich mit Nasrin?" 'Was für eine Kratzstimme',
dachte Nasrin. 'Ein Verrückter?'
„Ja, und wer sind sie?"
„Mein Name ist Fleckenheim, du kannst aber Kurt zu
mir sagen. Du hast sicher schon von mir gehört, habe
deine Nummer" Finn kicherte „von Adolph erhalten,
der wohl erkrankt sein soll. Können wir ungestört miteinander reden?"
„Aber sicher Kurt. Du klingst so heiser, geht es dir nicht
gut?"
„Doch, doch, mir geht es sehr gut, besonders wenn ich
deine Stimme höre. Noch besser wird es mir gehen,
wenn wir uns demnächst kennenlernen."
„Wie stellen sie sich, entschuldige, wie stellst du dir das
denn vor. Ich bin aber nicht so eine, ich bin auch erst
16."
„Oh, das macht doch nichts. Ich will auch nichts Böses,
nur ein wenig Unterhaltung und so. Ich mache dir einen
Vorschlag: Wir treffen uns am Freitagabend um acht in
Mühbrook auf der Terrasse vom Hotel Seeblick. Kennst
du das Lokal? Die sollen da auch tolle Zimmer haben."
„Ja, kenne ich. Das ist auch nicht so weit für mich mit
dem Fahrrad."
„Ich freue mich, ich freue mich schon auf Freitag. Es ist
schon so sommerlich warm, hast du auch ein leichtes
Sommerkleid?"
„Ja, ein hellblaues mit gelben Punkten."
„Toll, so erkenne ich dich sofort. Unter deinem schönen
Kleid brauchst du auch nichts zu tragen, wenn du weißt
was ich meine."
„Das ist ja allerhand, aber das wird sich wohl machen
lassen. Springt denn auch etwas für mich dabei her-
aus?"

„Was für eine dumme Frage. Selbstverständlich, wenn wir uns einig werden. Ich freue mich schon sehr auf Freitag, meine liebe Nasrin."

„Ich auch."

,So ein altes Schwein, wie komme ich bloß mit der Sache klar? Sollte wohl doch mit Finn darüber reden. Oder lieber nicht? Ist ja noch lange hin bis Freitag.'

„Bin zurück. Hast du den Tisch gedeckt?"

„Nein, ich musste telefonieren. Stell dir vor, am Freitag hält Professor Doktor Schpinski einen wichtigen Vortrag in Eckernförde. Das kann länger dauern, Erscheinen ist Pflicht."

„So, so, das Berufsleben halt, aber was tut man nicht alles für seine Ausbildung. Lass uns essen, guten Appetit."

,So ein Aas. Der werde ich es zeigen. Warte ab. Am Freitag platzt die Bombe'.

Die Lieblingspizza schmeckte fürchterlich.

*

Der Freitag war gekommen.

„Schick siehst du aus, willst wohl deinem Professor imponieren."

„Ach das alte Kleid, muss ja auch aufgetragen werden."

Nasrin setzte sich auf der Terrasse neben die Eingangstür. Hier könnte sie schnellste Hilfe erwarten. Es ging ihr schlecht. Nicht einmal die balzenden Stockenten auf der Dorfbucht erregten ihre Aufmerksamkeit. Ständig blickte sie nach rechts und links.

Ihr Entschluss stand fest: Sie wollte sofort das Lokal verlassen und so schnell wie möglich zurück nach Kiel. Alles wollte sie ihrem Finn beichten. Sie liebte ihn so.

Plötzlich ging es blitzschnell. Eine dunkelrote Rose flog von hinten auf ihren Tisch. Zwei kräftige Hände ergriffen ihren Nacken.

„Mein Name ist Fleckenheim, ich habe ein Zimmer für uns gebucht. Ich bin ganz heiß auf dich, du kleine Hexe."

Nasrin löste sich aus dem Würgegriff und blickte sich um.

„Finn, ich liebe dich über alles. Welches Zimmer haben wir?"

Kapitel 34

„Warst du damals beim Gespräch mit dem Jungbauern Claas in Hoffeld eigentlich dabei?" Wilhelm Bielfeld schaute Erika Friedberg fragend an.

„Nee, da warst du alleine. Das war doch der Kavalier von Schnaps-Sophie?"

„Ja, ich glaube. Ich kann mich nicht genau an seine Aussage erinnern. Er hatte meines Erachtens nur die Angaben von Sophie bestätigt. Und damit jedenfalls i h r Alibi!"

„Und s e i n Alibi? Hatte er eins für die Zeit danach?"

„Scheiße, das habe ich im Eifer des Gefechtes bisher gar nicht überprüft!"

„Lass uns nochmal die Ermittlungsakte dazu anschauen und dann zu Sophie nach Alt-Bordesholm fahren."

*

Sophie schaute etwas erstaunt aus der Wäsche, als vor der Haustür ihrer Eltern die beiden Kripo-Beamten standen.

„Ich habe doch damals alles wahrheitsgemäß ausgesagt. Was wollen sie denn jetzt noch von mir wissen?"

„Wir haben nur noch ein paar Routinefragen an sie. Dürfen wir hereinkommen?" Erika Friedberg hatte heute wieder die Rolle der netten Polizistin übernommen.

„Können sie uns nochmals kurz schildern, was in der fraglichen Nacht passiert ist?" Wilhelm Bielfeld schaute das junge Mädchen ziemlich unfreundlich an.

„Habe ich doch bereits erzählt. Ich hatte wegen meines Geburtstages mit allen aus der Clique angestoßen. Mit einigen sogar mehrmals. Der Sekt war gut. Nur die Dreitakter haben mich völlig aus der Bahn geworfen. Als mir schlecht wurde, war Claas so lieb, mich nach

Hause zu fahren. Er hatte ja nichts getrunken. Von Steffi hatte ich nichts mehr gesehen, auch ihren angeblichen Tanzpartner habe ich gar nicht mitbekommen."

„Und Claas? Ist der direkt von ihrem Zuhause die paar Kilometer nach Hoffeld weitergefahren? Oder ist er wieder zurück zum Haeseler umgedreht?"

Sophie fingerte nervös an ihren langen dunkelblonden Haaren herum. „Also, äh, ich, ich war ja so betrunken damals." Unsicheres Kichern kam aus ihrem Mund.

„Haben sie mitbekommen, wohin Claas damals fuhr?" Bielfeld ließ es wieder etwas forscher angehen.

„Ja, also ich glaube, er sagte, er wolle noch etwas weiterfeiern."

„Das heißt, er ist wieder in den Haeseler gefahren?"

„Ja, ich glaube ja."

„Glauben sie oder wissen sie es?" Bielfeld ließ nicht locker.

„Ich war ja bei der Weiterfahrt nicht mehr dabei. Aber Claas sagte, glaube ich, er wolle den anderen berichten, dass ich heil zu Hause angekommen sei."

„Sophie, ich habe eine Bitte an sie: Teilen sie Claas nichts von unserem heutigen Gespräch mit. Und wir werden ihm nichts von ihrer Aussage erzählen. Einverstanden?"

Erika sprach mal wieder von Frau zu Frau.

„Ja, ist OK! Aber wir haben überhaupt keinen Kontakt mehr miteinander. Auf der Beerdigung von Steffi hat Claas Schluss mit mir gemacht. Ohne Begründung. Und seitdem haben wir uns nicht mehr gesehen. Ist auch gut so."

*

„Ups! Was haben die hier zu suchen?" Der erschrockene Gesichtsausdruck von Adolph von der Groeben ähnelte dem von Sophie, als die beiden Starermittler vor

148

seiner Tür im Appartementhaus vom Hotel Carstens standen.

„Was wollen sie denn noch von mir? Mein Alibi ist doch sowohl von meiner Ehefrau als auch vom Taxifahrer voll und ganz bestätigt worden. Und mehr habe ich in dieser leidigen Angelegenheit nicht zu sagen."

„Dass sie die Tötung eines jungen Mädchens als leidige Angelegenheit bezeichnen, finde ich sehr befremdlich!" Erika Friedberg schaute Adolph von der Groeben voller Verachtung an.

„Und ob alles gesagt ist, entscheiden alleine wir, Herr von der Groeben!" Bielfeld schlug dieselbe Tonart wie seine Kollegin an.

„Also, dürfen wir hereinkommen? Oder sollen die Hotel-Gäste unser Gespräch verfolgen?"

Widerwillig ließ von der Groeben die beiden in sein kärglich eingerichtetes Hotelzimmer.

„Hübsch hässlich haben sie es hier!" Bielfeld zitierte mit Wonne einen von ihm geliebten Krimi-Ermittler, ohne sich aber an seinen Namen erinnern zu können. ‚War es nicht Heinz Rühmann als Pater Brown?'

„Herr von der Groeben, wir sind hier, weil wir drei Todesfälle aufzuklären haben. Bei dem toten Mann vom Autobahn-Rastplatz haben wir bisher außer der gemeinsamen Partei-Arbeit keine direkte Verbindung zu ihnen knüpfen können. Aber wir arbeiten dran! Bei der Tötung zum Nachteil von Steffi Brockmann sieht es natürlich anders aus und auch beim Tod von Herrn Fleckenheim."

„Ja und? Steffi und Kurt Georg sind mir natürlich persönlich bekannt. Aber mit deren Tod habe ich doch nichts zu tun!" Patzig wie so oft reagierte von der Groeben auf seine Gesprächspartner.

„Die Kollegen von der Spurensicherung haben einwandfrei nachgewiesen, dass sie auf und bei dem

Hochsitz gewesen sind, bei dem Herr Fleckenheim zu Tode gekommen ist."

„Selbstverständlich bin ich dort gewesen! Ich habe meinen Freund Kurt Georg oft genug auf der Jagd begleitet!"

„Auch auf den Hochsitz im Bondenholz?"

„Ja, auch dahin. Dort gibt es besonders viele Schwarzkittel. Und darauf war Kurt Georg immer ganz wild."

„Herr von der Groeben, wo waren sie an dem Tag, als Herr Fleckenheim zu Tode gekommen ist?"

„Hier in meiner Suite. Und dann Einkaufen bei Feinkost Albrecht. Etwas Nobleres kann ich mir nach dem Rausschmiss durch meine alte Ju leider nicht mehr leisten."

„Alte Ju?" Erika Friedberg runzelte die Augenbrauen.

„Na, meine Ehefrau Juliane. Oder besser meine Ex. Die sich ja wegen meiner Knutscherei mit Steffi von mir getrennt hat."

„Gibt es Zeugen?"

„Für die Trennung?" Adolph von der Groeben wähnte sich bereits auf der sicheren Seite.

„Nein, für ihre Zeit hier im Hotelzimmer und beim Einkauf."

„Ich befürchte nein. Meine Einkaufsquittungen habe ich noch nie aufbewahrt. Und die Kassiererin von Aldi wird sich kaum an mich erinnern können."

„Herr von der Groeben, solange kein Tötungsdelikt zum Nachteil von Herrn Fleckenheim nachgewiesen ist, lassen wir das mal so im Raume stehen. Und in der Ermittlungssache Brockmann wissen wir von Zeugen, dass sie vorgestern bei dem Jungbauern Claas in Hoffeld waren. Dieser gehörte zur Clique von Steffi Brockmann. Wozu diente der Besuch?"

„Es ging um Geld. Claas hatte vor einigen Monaten von meiner Frau und mir einen gebrauchten Weidemann gekauft. Wegen angeblicher Mängel dieses kleinen

Radladers hat er sich immer geweigert, den Kaufpreis von 2.000 Euro zu bezahlen. Da ich zurzeit leider etwas knapp bei Kasse bin, habe ich Claas aufgefordert, mir sofort das Geld zu geben. Er hat aber nur abweisend reagiert und mich aufgefordert, ihn notfalls zu verklagen."

„Welche Rolle spielte denn Claas im Haeseler? Was könnte er mit dem Tod von Steffi zu tun haben?"

„Das ist doch der Bekannte von Steffis Freundin, Sophie oder so. Ich habe mich ja, wie ihnen bekannt ist, an diesem Abend ziemlich intensiv um Steffi gekümmert. Da hatte ich keine Lust und auch keine Zeit, auf andere Gäste zu achten. Also, über das Verhalten von Claas im Haeseler kann ich ihnen leider nichts sagen"

„Herr von der Groeben, wir werden ihre Angaben überprüfen und uns dann bei ihnen melden. Bis dahin verlassen sie bitte nicht Bordesholm!"

*

Auf der Heimfahrt im Polizei-Passat fing das Diensthandy von Bielfeld an zu brummen. Bielfeld, der am Steuer saß, schob sein Telefon zur Beifahrerin hinüber.

„Erika, schau mal nach, was da so wichtig ist."

Erika Friedberg fingerte routiniert am Telefon und blickte mit großen Augen aufs Display.

„Was ist denn los, Erika? Du guckst wie ein waidwundes Reh."

„Wilhelm, fahr mal rechts ran und sieh selbst. Es ist eine Mail vom Wolfsbetreuer Heinrich Huber mit Bildern aus der Wolfsüberwachungskamera am Bothkamper See. Sie zeigen einen uns wohlbekannten jungen Mann, der gerade eine deutlich zu erkennende Wolfsfalle durch das Dickicht trägt. „Und ist der uns wohlbekannte junge Mann auch deutlich zu erkennen?"

151

„Natürlich, sonst wäre er uns ja kaum wohlbekannt, mein lieber Wilhelm!" Erika antwortete etwas schnippisch, sie hatte das waidwunde Reh noch nicht verdaut.

„Erika, spann mich nicht auf die Folter! Hier ist keine Gelegenheit zum Anhalten. Also, wer ist es?"

„Unser Freund, der Jungbauer Claas aus Hoffeld!"

Kapitel 35

Wilhelm Bielfeld schaute mit Wehmut auf die Zeiger der Uhr, die mittig im Passat-Armaturenbrett platziert war.

‚So eine hübsche, altmodische Analoguhr! Schade, die wird im neuen Modell einfach wegrationalisiert. Blöder Sparwahnsinn bei der Autoindustrie!'

Sein Blick richtete sich auf seine Beifahrerin: „14.00 Uhr, da liegen die meisten Landwirte noch auf dem Sofa und erholen sich vom opulenten Mittagsessen. Also, ab nach Hoffeld!"

Erika Friedberg suchte kurz in der Handakte nach der Anschrift von Claas Clasen und tippte sie ins Navi. „In acht Minuten sind wir dort. Passt doch."

*

Sie hatten den Bauern tatsächlich aus dem Suppenkoma geklingelt. Entsprechend mürrisch war dessen Gesichtsausdruck, als er die beiden Kriminalbeamten vor der Haustür sah.

„Friedberg, von der Kripo in Kiel. Wir haben noch ein paar Fragen wegen Steffi Brockmann. Meinen Kollegen Bielfeld kennen sie ja schon."

„Stimmt, der war schon mal mit dem Bordesholmer Bullen hier."

„Herr Clasen, sie wissen, dass der von ihnen gebrauchte Ausdruck als Beleidigung im Sinne des Paragraphen 185 Strafgesetzbuch geahndet werden kann? Also mäßigen sie ihren Tonfall!"

Diesmal war Erika Friedberg die böse Polizistin.

„Sie hatten Besuch von Herrn Adolph von der Groeben? Dieser Besuch endete mit einem Disput? Worum ging es hierbei?"

„Was ist ein Disput? Aber der Besuch war rein privat und geht sie einen feuchten … das geht sie alles gar nichts an!" Clasen war immer noch auf Zinne.
„Es geht um die Aufklärung einer schweren Straftat. Wir können unser Gespräch gerne morgen früh im Kieler Polizeipräsidium fortführen. Aber wenn sie vernünftig sind, auch jetzt gleich hier in ihrer Stube."
Widerwillig führte Claas Clasen die Beiden in seine wenig aufgeräumte Wohnküche.
„Wohnen sie hier alleine?" Erika Friedberg konnte sich wegen der vielen schmutzigen Töpfe, Teller und Gläser auf der Arbeitsplatte und auf dem Tisch nicht die ordnende Hand einer Hausfrau vorstellen.
„Das sieht man doch wohl!" Clasen konnte Gedanken lesen.
„Also, nochmal: Was wollte Herr von der Groeben von ihnen?"
„Der wollte Geld von mir."
„Wieviel und aus welchem Grund?"
„Der Blödmann kam auf die Wahnsinnsidee, dass ich ihm 3.000 Euro schulden würde."
„3.000 Euro? Und weshalb?"
„Er hatte mir vor wenigen Wochen ein Pferd verkauft. Ich bin halt ein alter Reiter. Aber mittlerweile hat es sich herausgestellt, dass der Zossen an allen Gelenken akute Arthrose hat. Das hat mir auch die Tierärztin, Frau Cassens, bestätigt. Deshalb habe ich Adolph geschrieben, dass er den Gaul wieder abholen solle. Zum Glück hatte ich ihm noch keinen müden Heller für Fury bezahlt!"
„Können sie uns vielleicht eine Kopie ihres Schreibens oder des Kaufvertrages zeigen?"
„Nee, habe ich nicht. Ich bin kein Büromensch." Clasen rutschte unruhig auf seinem Küchenstuhl hin und her. Seine ungewaschenen Haare klebten ihm schweißnass

auf der Stirn. Erika und Wilhelm blickten sich bedeutungsschwanger an.

„Herr Clasen, sie wissen ja, dass wir wegen des Totschlages an Frau Brockmann hier sind. Wie wir ermitteln konnten, sind sie, nachdem sie ihre Freundin Sophie nachhause gebracht hatten, wieder zurück in den Haeseler gefahren. Schildern sie uns bitte den damaligen, zweiten Aufenthalt in der Gaststätte."

„Na, das war doch völlig voll im Haeseler. Kennen sie den Laden? Wenn dort Tanz in den Mai oder im Herbst das Oktoberfest gefeiert wird, sind hunderte von Leuten im Lokal. Wenn sie jemanden suchen und Pech haben, finden sie keinen! Und ich hatte Pech! Keinen einzigen aus der Clique habe ich gesehen. Ich habe zwei Bier am Tresen getrunken und bin dann nach Hause gefahren. Vorher hatte ich ja noch nichts getrunken!"

„Haben sie Zeugen für diese Zeit?"

„Nee, die Kellnerin am Tresen kannte ich nicht und sie kannte mich nicht. Schade eigentlich, so eine feurige Brasilianerin. Die entsprach meinem Beuteschema. Aber ihr Macker stand direkt neben mir, da war nichts zu machen."

„Haben sie an dem Abend Steffi Brockmann oder Herrn Adolph von der Groeben gesehen?"

„Ja, bei meinem ersten Besuch im Haeseler. Da hatten die beiden bekanntermaßen ihren Fruchtbarkeitstanz aufgeführt. Aber ich musste mich ja um Sophie und ihren Brechreiz kümmern."

„Gestatten sie mir eine persönliche Frage? Sind sie noch mit Sophie zusammen?"

„Ich weiß zwar nicht, was sie das angeht. Aber hier die Antwort: Nein, wir haben uns getrennt."

„Von wem ging die Trennung aus?"

„Wir haben beide gemerkt, dass wir in wichtigen Sachen, die sie aber wirklich nichts angehen, nicht zusammenpassen."

„Eine andere Sache, in der wir ermitteln: Anlässlich einer Bürgerversammlung zur Europawahl ging es auch um das Thema ‚Wölfe in Schleswig-Holstein'. Sie sollen sich laut Berichten von Teilnehmern sehr massiv und aggressiv gegenüber der Wolfspopulation geäußert haben. Welche Probleme haben sie mit Wölfen?"

„Ich bin Jäger und Bauer. Und das seit einiger Zeit. Die vielen Wölfe reißen unsere Schafe auf den Weiden und unsere Rehe in den Wäldern. Dagegen muss etwas geschehen! Aber fast alle Politiker, besonders die von den Grünen, sind hier viel zu lasch und zu träge! Fürchterlich!"

„Haben sie Maßnahmen gegen die Wölfe ergriffen?"

„Ich versuche, mit einem Wolfszaun meine Schafe auf der Weide zu schützen. Klappt manchmal, aber nicht immer. Und wenn ich als Jäger einen Wolf sehen würde, wüsste ich, was zu tun ist."

„Kann es sein, dass sie eine Wolfsfalle am Bothkamper See vergraben haben?"

„Nein."

„Und das hier?" Bielfeld kramte sein I-Phone aus der Tasche, wischte auf dem Display und zeigte Clasen die Fotos vom Wolfsbetreuer. „Das sind sie doch!"

Clasen schaute lange auf die Bilder und runzelte die Stirn. „Ich gebe zu, dass eine gewisse Ähnlichkeit da ist. Aber junge Männer in Jägerkluft sehen doch alle gleich aus: Olivgrün! Und dann noch im Dunkeln! Tut mir leid für sie, aber das war ich nicht."

Bielfeld und Friedberg wechselten wieder intensive, fragende Blicke.

„Kann ich noch etwas für sie tun oder war's das? Ich muss langsam zu den Kühen, nachmittags wird gemolken und ich bin leider alleine auf dem Hof."

„Eine Sache noch: Sie haben wahrscheinlich von dem Toten auf dem Autobahnparkplatz in Rumohr gehört, Herrn Ludolf Lindenthal. Kannten sie ihn?"

„Ja, aber nur flüchtig. Wir haben ab und zu gemeinsam Seminare auf der Landwirtschaftsschule in Rendsburg besucht. Eigentlich ein ganz netter Kerl, nur in den letzten Wochen und Monaten wurde er komisch und faselte immer von der Gefahr, dass die Ausländer Deutschland besetzen würden und dass man Lebensmittel und Brennstoffe horten müsse. Ich konnte mit diesen Gedanken nichts anfangen und bin ihm deshalb aus dem Weg gegangen."

„Herr Clasen, wenn ihnen noch etwas einfällt, rufen sie uns bitte an." Bielfeld zückte seine Visitenkarte.

*

Im Passat zeigte die schön-altmodische Analoguhr 14.29 an.

„Irgendetwas stimmt mit dem Clasen nicht. Warum schildert er die Trennung von Sophie als einvernehmlich? Warum erzählt er uns eine völlig andere Geschichte zum Geschäft mit unserem Reiterprinzen? Warum nennt er einen anderen Betrag? Wollte Adolph den Claas vielleicht erpressen? Womit und warum?" Erika runzelte mal wieder ihre Stirn.

„Ach komm, Frau Friedberg. Wir werden alle diese Fragen heute Nachmittag nicht mehr beantworten können. Lass uns den schönen Tag nutzen und endlich mal wieder die leckere Eierlikörtorte im See-Café genießen. Ich lade dich ein."

„Sehr gerne, Herr Bielfeld. Und hinterher gibt es ein Likörchen zur Verdauung?"

„OK!" Erika und Wilhelm mussten grinsen.

Kapitel 36

Adolph von der Groeben glitt das Schreiben des Kieler Polizeipräsidiums aus den Händen, es segelte durch sein Zimmer und blieb letztlich vor der kleinen Garderobe auf dem Boden liegen. Er starrte dem Flug des Papiers nach.
Eine erneute Vorladung. Es ging schon wieder einmal um die Nacht zum ersten Mai, so wie er es herauslas. Adolph wurde es schwindelig. Was soll das? Es war doch alles gesagt, mehrfach sogar. Nur diese geilen Daddys und die geldgierigen Jungweiber hatten ihn in diese Situation gebracht. Letztlich die Hexe Ju. Wahrscheinlich reitet sie nachts auf ihrer Gerte über ihren Pferdehof.
Und dann noch dieser blöde Unfall auf dem Hochsitz, dieses unsägliche Missgeschick. Alle sind sie gegen mich, aber Unschuld wird in diesem Land nicht gesucht, ein Sündenbock muss her. Außerdem war seine politische Karriere im Arsch. Er war zum gejagten Wolf geworden, wie unschuldige Menschen seit ewigen Zeiten auf dieser Erde. Man hatte sie an hölzerne Kreuze geschlagen, bei lebendigem Leibe verbrannt und in riesige Gaskammern geführt. Und nun war er dran. Was wollten diese ekelhaften Bielfelds und Friedbergs noch von ihm? Wollten sie ihm etwa die Fußnägel herausreißen?
Mittwoch schon sollte er in Kiel sein, 'sowieso alles egal', er hatte ja Zeit.

*

Adolph wurde in einen tristen fensterlosen Raum geführt. Noch war er allein. Ein Stuhl links und drei Stühle rechts vor einem dunklen Holztisch. Ihm war klar, welcher der seine war. Er setzte sich. Kurze Zeit später erschienen sie: Wilhelm Bielfeld, Erika Friedberg und eine ihm unbekannte Frau. Die Atmosphäre war eisig. Bielfeld begann: „Herr von der Groeben, ihre Lage ist überhaupt nicht rosig. Sie stehen unter Verdacht, Herrn Fleckenheim getötet zu haben. Ob wegen fahrlässiger Tötung oder gar wegen Mordes gegen sie ermittelt werden wird, steht noch aus. Vielleicht war es auch eine Verquickung unglücklicher Umstände, die zum Tode des Herrn F. geführt haben. Ein Unfall sozusagen. Das soll aber jetzt nicht unser Thema sein, jedoch müssen wir sie bitten, uns bis auf weiteres zur Verfügung zu stehen. Allerdings könnte sich ihre Situation in dieser Sache deutlich verbessern, wenn sie endlich konstruktiv mit uns zusammenarbeiten würden!"

Adolph bekam einen trockenen Hals. Er fühlte sich ähnlich, wie seinerzeit, als ihm der Hengst 'Erwin von der Weide', einen Huftritt zwischen die Beine versetzt hatte. „Was soll das sein? Was soll das werden? Ein Deal? Was habe ich mit dem Tod von Flecki zu tun? Wollen sie mir hier einen Strick drehen?"

Erika mischte sich ein: „Herr von der Groeben, mäßigen sie sich. Für eine zeitliche Zusammenkunft mit Herrn Fleckenheim und ihnen, zum Zeitpunkt seines Todes, liegen uns Beweise vor. Heute ermitteln wir in den Tötungsdelikten von Steffi Brockmann und Ludolf Lindenthal. Packen sie endlich aus! Wussten sie eigentlich, dass Steffi schwanger war? Die Vaterschaft ist auch geklärt: Kurt Georg Fleckenheim!"

Es entstand eine längere Pause. Die Ermittler erkannten, dass es in Adolph arbeitete.

„Also gut, ich habe verstanden. Eine Hand wäscht die andere, mit dem Tod von Fleckenheim habe ich nicht das Geringste zu tun, das müssen sie mir glauben. Es war ein Unfall, sie müssen mir helfen." Von der

Groeben wirkte deutlich entspannter. Er lehnte sich auf seinem harten Stuhl zurück und zog zischend die Luft ein.

„Steffi und Ludolf haben für 'Fleckis Sugar Daddys Club' gearbeitet. Steffi habe ich angeworben, ich war für die Beschaffung der jungen Mädels zuständig; ich hatte ja auch die besten Möglichkeiten auf dem Reiterhof. Ludolf hat als Callboy für Männer und Frauen gearbeitet, seine Kunden kenne ich aber nicht. Wollte auch nichts davon wissen. Es ist gut, dass alles vorbei ist. Ich werde ein ganz neues Leben anfangen!"

„Das ist ja schon eine ganze Menge", stellte Erika fest.

„Ein großes Problem bereitet uns nur die Tatsache, dass beide Opfer kurz vor ihrer Tötung Geschlechtsverkehr mit einer und derselben Person hatten. Aber eindeutig nicht mit Fleckenheim. Was sagen sie dazu?"

Von der Groeben rastete förmlich aus, er ballt seine Fäuste.

„Das kann nur der sexuelle Mehrverbraucher aus Hoffeld gewesen sein. Der war schon immer scharf auf Steffi. Und auf alles was zwei Beine hat. Männer oder Frauen, das ist ihm egal."

„Meinen sie damit Herrn Claas Clasen?"

„Ja, natürlich."

„Vielen Dank Herr von der Groeben, sie haben uns heute sehr geholfen. Über das Vorkommnis auf dem Hochsitz unterhalten wir uns in der nächsten Woche."

Auf dem langen Flur des Polizeipräsidiums sprach Paula Kowalsky ihren ersten Satz: „Ein armes Schwein, dieser Groeben."

Kapitel 37

Der junge Wolf hatte das Land zwischen den Meeren durchstreift. Von der Elbe bis zum Limfjord war er gezogen, hatte die Meere im Westen und Osten gesehen. In Wolfsart hatte er energiesparend große Entfernungen bewältigt. Er mied Ansiedlungen. In der Abenddämmerung und am frühen Morgen konnten Menschen sein Heulen hören. Aber die erhoffte Antwort blieb dem Jungwolf verwehrt. Er suchte eine Partnerin, wollte ein eigenes Rudel gründen. Durch den Limfjord an der weiteren Wanderung nach Norden gehindert, wandte sich das Tier wieder Richtung Süden. Und endlich. Sein Heulen wurde beantwortet. Der Wolf galoppierte los, dem Geheul entgegen. Aber was war das? Sein Weg nach Süden wurde durch einen Zaun behindert. In grüner, solider Bauhaus-Tradition gebaut, durchschnitt er das Land von West nach Ost. Der Jungwolf lief an dem Zaun entlang. Die ganze Nacht hindurch. Von einem kleinen Hügel aus heulte er in der Morgendämmerung Richtung Süden. Und über die Förde hinweg erhielt er Antwort. Der Wolf begann zu buddeln. Einen ganzen Tag und eine Nacht lang. Unterbrochen nur von sehnsuchtsvollem Heulen. Aber die Dänen sind korrekte Leute und gute Handwerker. Das Drahtgeflecht war tief ins Erdreich hinein verankert. Was Wildschweine abhielt, schützte sie auch vor allen anderen Grenzüberschritten, denken sie. Der Wolf gab auf, änderte seine Taktik. Er stürmte gegen den Zaun, versuchte, ihn zu überklettern und so zu überwinden. Aber immer wieder glitt er von dem glatten grünen Draht ab, konnte keinen Halt finden, sackte zu Boden. Die Pfoten waren blutig aufgerissen von dem Anstürmen. Da, endlich, schien es zu gelingen. Mit aller

Kraft war das Tier emporgeschnellt. Es war ihm gelungen, mit einer Pfote über den Rand des Zaunes zu greifen. Der Wolf mobilisierte die letzten Kräfte. Zentimeter für Zentimeter zog er sich hinauf, konnte mit der zweiten Pfote nachgreifen, stieß mit den Hinterläufen kräftig nach, und schließlich erlangte er ein Übergewicht, fiel auf der deutschen Seite des Wildschweinabwehrzaunes zu Boden. Erschöpft suchte das Tier in einem Gestrüpp Unterschlupf und schlief. Am Abend sandte er ein triumphales Geheul in Richtung Süden. Konnte sie seinen Sieg aus seiner Stimme heraushören? Der abendliche Dialog schien jedenfalls erregter, lebendiger. Der Wolf lief los. Aber da war die Förde. Wölfe sind gute Schwimmer. Entlang des Zaunes, um eine Querung auf dem Land zu suchen, wollte der Wolf nicht laufen. So stürzte er sich in die Flensburger Förde. Er schwamm auf das naheliegende Land zu. Das war eine Kleinigkeit. Aber schnell bemerkte das Tier, dass er sich auf einer Insel befand. Die Ochseninsel liegt mitten in der Förde zwischen Deutschland und Dänemark. Also erneut in die Fluten. Mit ausdauernden Schwimmbewegungen strebte der junge Wolf dem flachen Fördeufer zu. Dort angekommen versuchte er sofort, sich bemerkbar zu machen. Die Wölfin antwortete schnell. Sie konnte nicht mehr weit entfernt sein. Lautlos glitten die beiden Tiere durch die Nacht aufeinander zu. Die Grundlage für ein neues Wolfsrudel war gelegt.

*

Im Deutschen Bundestag wurde beschlossen, die Schutzbestimmungen für Wölfe zu lockern. Wölfe sollen zwar unter Schutz stehen, dürfen aber trotzdem geschossen werden. Der Schutz der Viehzüchter und Tierhalter geht vor. Aus dem Rudel dürfen Tiere geschossen werden, bis das Rudel keine Gefahr mehr bildet. Notfalls bis zu seiner Ausrottung. Wie vor zweihundert Jahren.

*

Elfriede Huber steuerte die Familienkutsche Richtung Wasbek. Ihr Mann, der Wolfsbetreuer Heinrich Huber, fummelte an dem neu eingebauten digitalen Radio. Bei der Meldung verharrte er. Der Wolfabschuss ist genehmigt. Es wird künftig einfacher sein, die Raubtiere zu bejagen. Wenn Wölfe Schafe oder andere Nutztiere reißen, wird es künftig einfacher werden, das Rudel durch Abschuss zu verkleinern, bis die Schäden aufhören. „Und das nennen die Wolfsmanagement? Wozu sind wir denn eigentlich noch gut? Oder sollen wir ihnen nur zeigen, wo die Tiere sind, damit sie die abknallen können?" Heinrich Huber war erbost. Und als die helle Stimme der Landwirtschaftsministerin aus dem Radio heraus verkündete, dass dies erst der erste Schritt sei, weitere sollten folgen, brach es aus Huber heraus: „Dann setzt doch in den Wolfsstein gleich hinein: 2019 wurde der Wolf in Schleswig-Holstein zum zweiten Mal ausgerottet!" Elfriede Huber steuerte das Auto auf den erneut erweiterten Parkplatz der Tierklinik in Wasbek. Sie wollten Bolle abholen. Zur Behandlung seiner schweren Verletzung war der einige Wochen in der Klinik geblieben. Jetzt hatte man angerufen, Bolle sei fit, um nach Hause zu kommen. Eine Praxishelferin führte Bolle an der Leine auf den Rasen vor dem Haus. Dort warteten Elfriede und Heinrich Huber auf den Hund. Als Bolle seiner Leute gewahr wurde, zog er auf seinen drei Beinen so heftig, dass die Praxishilfe die Leine losließ. Bolle schoss, kugelte, raste auf seine Herrchen zu, sprang von seinen kräftigen Hinterläufen an Heinrich Huber hinauf, legte ihm die verbliebene

164

Pfote auf die Schulter und leckte ihm den Bart. Huber schloss den Hund in die Arme, seine Frau umarmte beide.

Aus der Eingangstür trat Doktor Frahm, der die Szene beobachtet hatte, an die Gruppe heran. „Bolles Wunde ist verheilt. Und er ist bei Kräften, wie sie ja merken. Er wird auch mit seinen drei Beinen ein gutes Leben haben", tröstete der Tierarzt. Heinrich Huber gab die Leine mit dem Hund seiner Frau. Er setzte sich mit dem Tierarzt auf eine der einladend neben dem Eingang stehenden Bänke. „Haben sie das mit dem neuen Gesetz schon gehört. Die legen grade den Grundstein für die erneute Ausrottung der Wölfe im Land", klagte Heinrich Huber. „Ja, ich verfolge das intensiv. Natürlich verursachen Wölfe Schäden, aber dass die existenzbedrohend seien, vermag ich nicht zu glauben", sagte Dr. Frahm. „Ich habe neulich einen Film gesehen, in dem es um Großwild in Afrika ging. In einem Dorf wurde ein Elefant getötet, der immer wieder die überlebenswichtigen Anpflanzungen der Bewohner vernichtet hatte. Eine große Aufregung bei den Leuten und den Naturschützern. Wie konnte man nur dieses Tier töten. - Und was machen wir wegen der paar Wölfe?!" „Ja, da haben sie wohl recht." Heinrich Huber übernahm für die Rückfahrt das Steuer. Seine Frau saß auf dem Rücksitz und hatte Bolles Kopf im Schoß. Huber wählte den Umweg an der Stelle entlang, an der Bolle in die Falle getreten war. Er fuhr den Wagen in eine kleine Parkbucht und drehte die Seitenfenster herunter. Kühle Abendluft strömte in den Wagen. Stille. Da, von gar nicht so weit entfernt: Das

Heulen zweier Wölfe. Huber stiegen die Tränen in die Augen.

„Vielleicht können wir euch ja doch noch retten, meine grauen Freunde."

Kapitel 38

Erika und Wilhelm fuhren nach Hoffeld, um Claas Clasen vorläufig festzunehmen. Die Aussage von der Groebens reichte für einen hinreichenden Tatverdacht aus. Das würde der Haftrichter sicher ebenso sehen.

Als Wilhelm in Blumenthal von der Autobahn abfuhr, zeigte sein Diensthandy an, dass eine SMS eingegangen war.

„Kannst du bitte einmal auf mein Handy schauen, Erika? Ich habe eine SMS bekommen."

„Es ist eine Nachricht von der Gerichtsmedizin. Sie teilen uns mit, dass der DNA-Test ein Treffer gewesen ist. Unser Jungbauer war sowohl der Sexualpartner von Steffi als auch von Ludolf. Die Nachricht kriegen wir genau zum richtigen Zeitpunkt! Jetzt kommt Clasen aus der Nummer nicht mehr raus. Ich bin gespannt, wie er sich verhält, wenn wir auf dem Hof erscheinen. Wir sollten die Bordesholmer Kollegen mit dazu holen, wenn wir ihn gleich festnehmen. Man weiß nie, wie jemand reagiert, wenn er merkt, dass sich die Schlinge zugezogen hat."

Zeitgleich mit dem Streifenwagen aus Bordesholm trafen sie auf dem Hof von Claas Clasen ein. Paul Schröder und Michael Haß stiegen aus dem Polizeibully aus und gingen auf die Kripokollegen, die ebenfalls ihren Dienstwagen verließen, zu.

„Vielen Dank für die Unterstützung, liebe Kollegen. Wir werden gleich den Claas Clasen festnehmen. Er ist dringend tatverdächtig, Steffi und Ludolf getötet zu haben. Wir wissen nicht, wie er auf den Vorwurf reagiert."

„Alles klar, wir unterstützen euch gern. Ist bekannt, ob er sich auf dem Hof aufhält?"

„Nein, wir vermuten aber, dass er auf dem Gelände ist. Er muss ja die Tiere versorgen."

Als auf das Klingeln an der Haustür niemand öffnete, gingen sie in den Stall.

Clasen war gerade dabei, die Melkmaschine zu säubern, als er die Polizisten erblickte. „Was ist denn das für eine Abordnung? Ist irgendetwas passiert?", begrüßte er die Polizisten.

Wilhelm räusperte sich. „Herr Clasen, wir nehmen sie vorläufig fest. Sie sind dringend tatverdächtig, Steffi Brockmann und Ludolf Lindenthal getötet zu haben. Ich belehre sie über ihre Rechte. Sie haben das Recht zu schweigen und anwaltliche Hilfe in Anspruch zu nehmen. Alles, was sie ab jetzt sagen, kann vor Gericht gegen sie verwendet werden. Haben sie das verstanden?"

Claas Clasen wurde blass und schluckte heftig. Er schien sichtlich überrascht zu sein von den Vorwürfen. Entgegen den Befürchtungen von Erika und Wilhelm reagierte der Tatverdächtige nicht aggressiv, sondern eher lethargisch.

„Ich kann hier nicht weg. Wer soll sich denn um meinen Hof und die Tiere kümmern?"

„Das können sie gleich regeln. Sie werden doch sicher Nachbarn oder Verwandte haben, die den Hof versorgen können."

„Kann ich telefonieren?" Noch immer sichtlich unter Schock stehend, nahm Clasen sein Handy aus dem schmutzigen Blaumann, den er jeden Tag trug, und wählte eine Telefonnummer.

„Mein Schwager kümmert sich in den nächsten Tagen um den Hof. Ich hole mir nur ein paar Sachen aus dem Haus."

„Die Kollegen werden sie begleiten. Vorher werden wir sie allerdings noch durchsuchen und ihnen Handfesseln anlegen. Geht leider nicht anders."

Während Erika und Wilhelm mit dem Tatverdächtigen nach Kiel fuhren, durchsuchten Schröder und Hass das

Wohnhaus von Clasen schon einmal grob nach tatrelevanten Spuren. Dies verlief allerdings ohne Ergebnis. Später sollte die Spurensicherung noch einmal alles intensiv absuchen.

Im Vernehmungszimmer in der Blume nahm Wilhelm dem Jungbauern die Handfesseln ab. In der Ecke stand ein uniformierter Kollege und sicherte die Eingangstür. Erika und Wilhelm setzten sich. Clasen stand noch immer leicht unter Schock. Einen Anwalt wollte er nicht. Die Ermittler hatten den Eindruck, dass Claas reden wollte.

„Herr Clasen, für uns ist der Fall klar. Wir haben Zeugenaussagen und eindeutige Sachbeweise, dass sie Steffi Brockmann und Ludolf Lindenthal getötet haben. Sie können jetzt ihre Seele erleichtern, wenn sie uns erzählen, was genau abgelaufen ist. Ein Geständnis würde sicher auch das Verfahren beim Haftrichter abkürzen."

„Ich hatte Sophie nach Hause gefahren, weil sie besoffen war. Mit der dusseligen Kuh lief schon lange nichts mehr. Immer war irgendetwas! Entweder sie hatte ihre Regel, oder sie war zu betrunken. Ich bin dann zurück in den Haeseler und habe am Tresen Bier getrunken. Plötzlich stand Steffi neben mir. Sie war sauer, weil ihr Knutschpartner abgehauen war. Ich hatte schon länger ein Auge auf Steffi geworfen. Ich fand sie scharf und sie hat sich auch nicht immer so angestellt wie Sophie. Steffi hat sich bei mir ausgeheult, weil ihr Typ zu seiner Frau gefahren war. Irgendwann haben wir uns geküsst und draußen vor der Tür auch befummelt. Ich merkte schnell, dass da noch mehr ging. Wir sind dann mit meinem Auto an den Bothkamper See gefahren und haben auf dem Waldboden miteinander geschlafen. Irgendwann danach, als wir uns schon wieder etwas angezogen hatten, hat sie mich dann darauf angesprochen, dass sie mich mit einem Mann engumschlungen am Bordesholmer See gesehen hätte. Ich habe ihr dann erzählt, dass ich bisexuell bin und auch gern mit Männern schlafe. Das muss Steffi total angewidert haben. Sie hat mich als schwule Sau und Schwuchtel bezeichnet und damit gedroht, mich in der Clique unmöglich zu machen. Ich habe ihr mehrfach gesagt, sie solle damit aufhören. Sie hat mich aber immer weiter als Schwuchtel bezeichnet und sich über mich lustig gemacht. Ich habe dann die Beherrschung verloren und ihr einen Stein über den Kopf gezogen. Dann war endlich Ruhe."

Claas sackte in sich zusammen und machte eine längere Pause.

„Mit Ludolf habe ich mich gelegentlich getroffen. Meistens auf dem Parkplatz Rumohr an der Autobahn. Wir haben es dann miteinander getan. Ich mochte Ludolf und er war ja auch ein attraktiver Mann. Die Tatsache, dass er auch mit anderen Männern Sex hatte und dafür Geld nahm, störte mich nicht. Wir hatten an diesem Tag einen Liebeslohn von 50 Euro vereinbart. Das war das, was ich immer bezahlt habe. An diesem Tag wollte er allerdings 150 Euro haben. Angeblich hätte er mich besonders verwöhnt. Das stimmte aber nicht, alles war wie sonst auch! Darüber sind wir in Streit geraten. Er hat mich am Kragen gepackt und das Geld eingefordert. So viel Geld hatte ich aber gar nicht dabei. Er ließ sich nicht beruhigen. Also habe ich einen Stein genommen und ihn damit erschlagen. Ich fand seine Forderung irgendwie unfair und ich musste mich doch auch wehren, oder?

So, nun geht es mir besser. Jetzt wo ich es erzählen konnte. Ich wusste sowieso, dass sie mich eines Tages schnappen. Ich mache mir nur Sorgen wegen meiner Tiere und wegen meinem Hof. Ich komme doch jetzt bestimmt ins Gefängnis, oder?"

„Ja, das wird wohl so kommen. Wegen des Hofes und der Tiere wird sich eine Lösung finden. Sie haben zwei junge Menschen getötet und eine große Last auf sich geladen, Herr Clasen! Morgen ist der Termin beim Haftrichter. Ich rate ihnen, sich doch einen Anwalt zu nehmen. Hier ist die Liste der Kieler Strafverteidiger. Ich bringe sie jetzt in die Polizeigewahrsamszelle. Dort werden sie die Nacht verbringen."

Der uniformierte Polizist legte Clasen die Handschellen an und führte ihn über den Hof in die Zelle.

Kapitel 39

„Puh, das Essen hier im Heinrich war mal wieder sehr lecker und sehr reichlich!" Genussvoll leckte Wilhelm Bielfeld sein Messer ab und strich sich über seinen prall gefüllten Bauch. Er strahlte Erika, Finn und Nasrin an: „Da passt der Verdauungsgrappa hinterher doch richtig gut! Prost!" Alle vier leerten ihre Gläser und schauten einander glücklich und zufrieden an.

„Den Doppelmord haben wir durch gute Zusammenarbeit relativ schnell und zügig aufgeklärt, wir waren ein tolles Team miteinander!" Erika lachte. „Damit meine ich auch euch Beide, Finn und Nasrin. Ihr ward eine wertvolle Hilfe für uns!"

„Die Idee, sich seine Pizza hier selbst zusammenstellen zu können, finde ich im Moment viel besser und wichtiger. Vor allem, dass man so viel essen kann, wie man will!" Finn hatte sich für 15 Euro Extras als Pizza-Belag bestellt und wurde so seinem Gourmand-Image wieder voll gerecht.

„Du Glücklicher, du kannst ja auch essen wie ein Bär, ohne ein Gramm zuzunehmen." Nasrin hatte eine halbe Portion ihres Putensalates liegen gelassen. Finn hatte sich auch darüber hergemacht.

„Wenn der heimische Kühlschrank immer karg und leer ist wie die Wüste Gobi, muss ich mich doch hier sattessen." Finn kniff seiner Freundin Nasrin vergnügt in die Seite.

„Aua, Finn. Du weißt genau, dass ich das nicht mag! Meine kleinen Speckröllchen stehen mir sehr gut, finde ich jedenfalls."

„Und deine grauen Verehrer? Die fanden die bestimmt auch sexy?"

„Blödmann! In deren Alter denkt man an ganz andere Sachen."

„Hallo? Wie soll ich das verstehen?" Erika versuchte, empört auszusehen. Aber im nächsten Moment verschluckte sie sich fast an ihrem Alsterwasser, weil sie so lachen musste.

„Was ist eigentlich in Mühbrook passiert? Nasrin hat mal so eigenartige Andeutungen gemacht." Finn und Nasrin schauten sich verliebt in die Augen. „Wir haben dort eine Ortsbesichtigung durchgeführt."

„Am See oder im Ort?" Wilhelm Bielfeld wollte es genau wissen.

„Nee, im Hotel."

„Im Restaurant oder in den Zimmern?"

„Nee, nicht im Restaurant. Im Zimmer 69." Verlegenes Kichern von Nasrin und Finn.

„Das war doch bestimmt ganz plüschig eingerichtet? Das Bett mit Besucherritze, die Nachttische mit Lämpchen und Bibel ausgestattet?" Wilhelm wollte es jetzt noch genauer wissen.

„Also, in unserem Zimmer war kein Nachttisch. Und Zeit, die Bibel zu suchen, hatten wir keine. Und eine Besucherritze hatte das Boxspringbett ‚Amelie' auch nicht." Finn schwelgte in Erinnerungen.

„Aber eine herrlich stramm gefederte Matratze!" Nasrin wurde nach ihrem dritten Aperol-Sprizz richtig vergnügt. Ihre Wangen glühten und ihre Lippen glänzten feucht.

Finn drückte sie heftig: „Ich glaube, wir fahren jetzt besser in unsere Gaardener Suite. Draußen steht ein Taxi. Ich spring schnell raus und sag dem Fahrer Bescheid."

Die drei am Tisch sahen durchs Fenster, wie Finn auf dem Gehweg der Holtenauer Straße zum Taxi lief.

Wilhelm bezahlte die Zeche und hakte sich beim Verlassen des Lokals bei Erika unter.

„Wir bringen die beiden Turteltauben noch nach Hause. Einverstanden?"

173

„Und dann gehen wir beide alleine noch auf'n Swutsch, mein Lieber! Und für das nächste Jahr habe ich schon eine klasse Idee. Da feiern wir unser 10-jähriges Dienstjubiläum als Bordesholmer Einsatzteam. Da bietet sich die Hofscheune von Heimke Siemen-Thiesfeld in Bissee an. Freunde von mir haben da gerade ihre Hochzeit gefeiert und waren ganz begeistert!"

„Aber heiraten müssen wir deshalb nicht!" Wilhelm drückte Erika etwas unbeholfen an sich.

*

Nach einigen Metern Fahrt auf der Holtenauer Straße in Richtung Bergstraße drehte sich der Taxifahrer nach rechts zu Wilhelm auf dem Beifahrersitz: „Musik gut?" Ohne eine Antwort abzuwarten, schaltete er das Autoradio ein.

„Kiel: Laut ersten Hochrechnungen endet die heutige Europawahl mit einem politischen Erdbeben."

Die Autoren

Jürgen Baasch, geb. 1945, war bis 2004 Bürgermeister in Bordesholm. Neben seinen zahlreichen ehrenamtlichen Tätigkeiten leitet er seitdem Seminare in Plattdeutsch und Kurse zur Biografie Erstellung.

Detlef Tanneberger, geb. 1949. Seit seinem Eintritt in den Ruhestand schreibt er kurze und auch längere Heimatgeschichten.

Bernd Lohse, geb. 1956, war bis zu seiner Pensionierung im Jahr 2017 Polizeibeamter. Zuletzt leitete er als Polizeidirektor die Polizeidirektion Neumünster und war dort für die Schutz- und die Kriminalpolizei verantwortlich. Er wohnt seit über 30 Jahren in Bordesholm. Seine Leidenschaft ist die Zweitligamannschaft von Holstein Kiel, die er seit Jahren als Fan unterstützt und häufig bei Auswärtsspielen begleitet.

 **Henning Thomsen**, geb. 1955 in Kiel, hat nach seinem Großen Juristischen Staatsexamen 27 Jahre für die Allianz Versicherung als Führungskraft im Außendienst gearbeitet. Als Ruheständler ist er ehrenamtlich tätig.

In der Reihe Bordesholmer Edition erschienen
folgende Bordesholm Krimis:

Das Grab auf der Insel
Der erste Bordesholmkrimi
von Jürgen Baasch, Lydia Glaubke, Charlotte
Günther,
Ines Reich und Hartmut Wiedling
ISBN 978-3-8448-0006-7 172 Seiten Preis 9,90€

Schmalsteder Beifang
Der zweite Bordesholmkrimi
von Jürgen Baasch, Silvia Biener, Charlotte Günther,
Diana Kühl und Hartmut Wiedling
ISBN 978-3-8482-2419-7 164 Seiten Preis 9,90€

Lotosblüte
Der dritte Bordesholmkrimi
von Jürgen Baasch, Kirsten Frahm, Charlotte Günther
und Hartmut Wiedling
ISBN 978-3732-28658-4 176 Seiten Preis 9,90€

Die Seminaristin
Der vierte Bordesholmkrimi
von Jürgen Baasch, Kirsten Frahm, Charlotte Günther,
und Hartmut Wiedling
ISBN 978-3-7357-7074-5 184 Seiten Preis 9,90€

Giftwasser
Der fünfte Bordesholmkrimi
von Jürgen Baasch, Elmer Schmidt und Henning
Thomsen
ISBN 978-3-7392-0249 208 Seiten Preis 9,90€

Bombenstimmung
Der sechste Bordesholmkrimi
von Jürgen Baasch, Elmer Schmidt und Henning
Thomsen
ISBN 978-3-7431-1919-2   192 Seiten   Preis 9.90€

Feuerteufel
Der siebte Bordesholmkrimi
Von Jürgen Baasch, Elmer Schmidt, Detlef Tanne-
berger und Henning Thomsen
ISBN 9 783744 899536   208 Seiten   Preis 9.90€

Spargel Gericht
Der achte Bordesholmkrimi
Von Jürgen Baasch, Bernd Lohse, Detlef Tanneber-
ger und Henning Thomsen
ISBN 9 783748148067   192 Seiten Preis 9.90€

Krimiwanderungen
Auf den Spuren der Bordesholmkrimis
von Jürgen Baasch, Kirsten Frahm, Charlotte Günther und Hartmut Wiedling
ISBN 978-3-7357-5979-5   52 Seiten   Preis 4,90€

Bordesholmer Edition
Eine Reihe für Autoren von Bordesholm
und Umgebung
Herausgeber: J. Baasch
Bordesholmer.edition@yahoo.de

"Herstellung und Verlag:
BoD – Books on Demand, Norderstedt

Bibliografische Information der Deutschen Nationalbibliothek.

Die Deutsche Nationalbibliothek verzeichnet diese
Publikation in der Deutschen Nationalbibliografie; de-
taillierte bibliografische Daten sind im Internet
über http://dnb.dnb.de abrufbar.

ISBN: 978-3-7504-0145-7"